AF390865

Valérie ROBERT

Ma vie, le ring…
et elle !!

Tome 2

Romance

Chapitre 1

Loucas

Depuis quelques mois, je me lève avec un mal de crâne énormissime. Poutchi le sent et vient me voir lorsque je m'installe au bar de la cuisine. Perdu dans mes pensées, c'est lorsqu'elle m'enlace que je me rends compte qu'elle est levée.

— Salut beau gosse !

— Bonjour toi, bien dormi ?

— Comme un bébé. Et toi ?

— Plutôt agité.

— Migraines ou cauchemars ?

— Un peu les deux. Je vais aller courir un peu ce matin.

— Tu es sûr, repose-toi plutôt. Tu as un combat important demain soir !

– Non ça va, il faut que je m'entraîne un peu.

– Parce qu'avec tous ces combats, tu as encore besoin de t'entraîner, affirme-t-elle sèchement.

– Ce n'est pas une raison pour me reposer sur mes lauriers, répliqué-je.

– Prends au moins le temps de te poser un peu. Je me suis dit qu'on pouvait se faire une petite balade, visiter la ville.

– Oui, plus tard si tu veux.

– Mais on n'est pas encore sortis ! répond-elle en haussant le ton.

– Sors, ma puce. Va te balader, faire les boutiques...

– Loucas ! me coupe-t-elle. Cela fait trois mois que nous sommes en Italie et que tu passes ton temps soit au gymnase, soit à courir.

– Tu m'emmerdes Victoria ! En route Poutchi.

Je claque la porte derrière moi, mon chien sur les talons. Il est grand temps qu'on parte. J'en ai ras le bol d'être ici et de ces combats. Je veux rentrer chez moi !

Cela fait deux heures qu'on court avec Poutchi lorsque je sens le besoin de faire une pause. On s'arrête dans un bar avant de rentrer à la maison. En arrivant, je croise Antonin venu donner le programme de demain soir.

— Salut mon vieux, comment tu vas ?

— Ça va Loucas, et toi ? Vic m'a dit que tu avais toujours tes migraines.

— Mais de quoi elle se mêle, elle ! Ça va, je vais bien.

— Écoute Loucas, non ça ne va pas du tout. Tu ne peux pas combattre si tu as toujours tes migraines. C'est dangereux.

— Je.vais.bien. Ne t'y mets pas non plus.

— Je dis ça pour toi Loucas. Où en es-tu dans ta préparation ?

— Il me reste deux bilans à passer et on sera bon.

— Bientôt de retour au pays alors ?

— Oui, et il est grand temps ! Je n'en peux plus du ring, j'ai hâte d'en finir avec tout ça.

— C'est dommage car tu aurais fait un bon coach.

— Et j'en ferai un bon, répliqué-je.

— Tu sais très bien ce que je veux dire.

– Oui, mais je t'assure qu'entraîner des jeunes de dix à seize ans, ça me convient aussi.

– À part ça, comment tu vas, toi ?

– Antonin, s'il te plait, ne remets pas ça sur le tapis.

– Est-ce que tu as des nouvelles, au moins ?

– Pas depuis ce jour-là.

– Tu sais qu'elle a arrêté les combats ? Elle ne veut plus entendre parler de boxe.

– J'en ai entendu parler, oui. Quel gâchis !

– À qui le dis-tu. Et tu es aussi bien placé que moi, non ?

– Peut-être, mais ça n'est pas le sujet.

– Alors parlons du sujet qui nous intéresse.

– Je t'écoute.

– Je veux que tu passes voir le médecin avant le combat.

– Pour quoi faire ? le questionné-je.

– À cause de tes migraines. Je veux qu'il nous donne son accord avant que tu montes sur le ring.

– Et il se passe quoi s'il ne le donne pas ?

– On déclare forfait, tiens !

– Certainement pas Antonin, m'écrié-je.

– Tu n'as pas le choix, Loucas. Tu ne peux pas combattre avec une migraine, c'est prendre trop de risques !

– Je sais, tu me l'as déjà dit.

– Et je te le redirai autant de fois qu'il le faudra.

– Mais puisque je te dis que je vais bien. Et puis, de toute façon, ma migraine est passée.

– Oui pour l'instant. Fais-moi plaisir et va voir le doc'.

– Okay, Okay, j'irai, abdiqué-je.

– Merci. Bon, on se voit demain.

Il commence à partir puis se retourne et me lance.

– Et repose-toi un peu, tu en as besoin. Pas la peine de t'entraîner autant que ça.

– Comment tu ..., commencé-je à demander.

– À ton avis ! me coupe-t-il avec un clin d'œil.

– Victoria, soufflé-je dépité.

★ ★ ★

– Salut doc'

– Tiens Loucas, que me vaut ce plaisir ?

– Antonin veut que je passe par la case « médecin » avant le combat de ce soir.

– Pourquoi ? Tu as un problème ?

– Non ça va bien, mais j'étais migraineux hier et du coup il s'inquiète.

– Tu en as encore ? Bon, on va regarder ça. Installe-toi, dit-il en s'asseyant à son bureau pour ouvrir mon dossier.

Comme il me connaît bien, il n'est pas surpris de me voir installé, non pas sur la table d'examen, mais sur le tabouret à côté.

– Arrives-tu à dormir correctement ? me demande-t-il en prenant un autre tabouret.

– Tout dépend de la signification de « correctement », fis-je remarquer.

– Tu as toujours tes cauchemars ?

Je hoche la tête pour approuver. Il continue de me poser un tas de questions tout en m'auscultant. Puis, il retourne à son bureau et me demande de le rejoindre.

– Bon Loucas, je ne vais pas y aller par quatre chemins. Il serait préférable que tu arrêtes complètement et définitivement la boxe.

– Pourquoi ? m'étonné-je.

– Cela commence à devenir dangereux pour toi.

– À cause d'une simple migraine ?

– À force de prendre des chocs, ton corps se met en alerte. Et cette simple « migraine » comme tu dis, peut te provoquer un anévrisme, si tu te prends un mauvais coup au mauvais endroit.

Il me regarde intensément pour me faire comprendre qu'il ne rigole absolument pas.

– Pourtant, je n'ai pas de migraine aujourd'hui, affirmé-je.

– Loucas, je veux bien t'accorder tout ce que tu veux, sauf le droit de te foutre de ma gueule, réplique-t-il sèchement.

– Je ne comprends pas.

– Peut-être que tu veux que je te fasse faire des tests sanguins pour mieux comprendre ?

– Non, je ne vois pas de quoi tu parles, doc'.

– On sait tous les deux que tu as pris un antalgique avant de venir me consulter, pour que je te donne mon approbation.

– Et donc ?

– Et donc c'est non.

– Doc' ! Il s'agit de mon dernier combat pour finaliser ma formation. Il n'est pas question que je passe à côté !

Il me scrute et comprend alors que moi non plus, je ne rigole pas et qu'il n'a, en d'autres termes, pas le choix que de me laisser combattre.

– Très bien, mais tu ne pourras pas dire que je ne t'ai pas prévenu.

– Merci doc' et il n'y a pas d'inquiétude à avoir. Je gagne ce combat et obtiens donc ma licence. Ensuite, tu ne me reverras plus jamais sur un ring. Plus en tant que combattant en tous cas.

– Tu as tout prévu à ce que je vois, me dit-il perplexe.

– Oui et rien ne me détournera de mon objectif. À bientôt doc'.

– Salut Loucas et prends soin de toi.

– Promis.

En sortant du cabinet, je prends mon autorisation en photo et l'envoie à Antonin avec un pouce levé. Celui-ci ne tarde pas à me répondre.

De : Antonin
 A : Loucas

« Combien tu l'as soudoyé pour qu'il accepte ? »

De : Loucas
 A : Antonin

« Absolument rien. Il fait son taf, à moi de faire le mien. On se retrouve sur le ring ! »

De : Antonin
 A : Loucas

« J'espère que tu sais ce que tu fais ! »

Je lui réponds par un smiley qui hoche positivement la tête, suivi d'un pouce levé. En rentrant, je trouve Victoria assise au bar de la cuisine à travailler sur son ordinateur. Elle me jette furtivement un regard puis, en soupirant, me lance.

— Tu es fier de toi ?

— Qu'est-ce que j'ai fait, encore ?

— J'ai eu le doc' au téléphone et j'ai reçu un texto d'Antonin.

— Et ? demandé-je en prenant une bouteille d'eau dans le frigo.

— Et ils me demandent tous les deux de te supplier de changer d'avis.

— Super, comment tu comptes t'y prendre ?

— Ne rêve pas tombeur, personne ne peut te faire changer d'avis. Je me trompe ?

— Non et ce n'est pas demain la veille que quelqu'un y arrivera !

— Je sais bien. Comment puis-je y parvenir si même *elle* n'a déjà pas réussi, murmure-t-elle.

— Qu'est-ce que tu racontes ?

— Non rien, laisse tomber.

Puis, elle retourne à son travail, me laissant perplexe sur sa dernière remarque. Je me lance dans une série de frappes, sur le sac qui se trouve dans le coin du salon. Vic s'approche et me regarde faire, un moment. Il arrive très souvent qu'elle s'installe et m'observe m'entraîner.

— Pourquoi tu ne te reposes pas, comme te l'a dit Antonin ?

— J'ai pas vraiment envie, dis-je entre deux frappes.

— Il te reste trois heures avant ton combat. Repose-toi, sinon tu vas être trop fatigué pour tenir sur le ring.

— Ok, comme tu voudras, finis-je par répondre.

En ressortant de ma douche, Vic est toujours sur son ordinateur. Je m'approche d'elle et la prends dans mes bras.

— Tu viens t'allonger avec moi ? lui susurré-je.

— Je n'ai pas trop le temps, il faut que je rende ce rapport au plus vite. Va t'allonger toi.

– Allez viens, je vais juste prendre une heure de ton temps.

– Ce n'est pas ce que j'appelle aller se reposer ! Et ne serait-ce pas trop prétentieux de réclamer une heure, me lance-t-elle amusée.

– Veux-tu que je te prouve mes performances ?

– Loucas, pas maintenant s'il te plait. Va te coucher et on fera ça pour fêter ta victoire.

– Attention, je pourrais te prendre au mot !

– Prends-le comme tu veux, chéri.

Elle me fait un clin d'œil en prononçant ce dernier mot.

– Bon très bien. Tu as gagné, dis-je en m'éloignant vers la chambre.

Sauf que, ce que je ne lui dis pas, c'est qu'il est hors de question que je dorme ! Je pense qu'elle s'en doute un peu et c'est pour cela qu'au bout de quelques minutes, elle finit par me rejoindre.

– Veux-tu que nous allions faire une balade ? me propose-t-elle finalement.

– Je croyais qu'il fallait que je me re-
pose ! ironisé-je.

– Loucas, tu ne crois pas que me parler
de ce que tu ressens t'aiderait à dormir ? Je
sais que tu redoutes encore et toujours tes
cauchemars, mais n'y vois-tu pas une signification ?

– Du genre ?

– Parles-en ! Confie-toi ! Si tu ne veux
pas me parler à moi, parles-en à Antonin. Il
te connaît depuis un moment maintenant.
Ou bien à un professionnel si tu veux.

– Si tu essaies de m'envoyer chez un
psychologue, ça n'est pas la peine car je
vais bien.

– Très bien, je te laisse tranquille avec
ça. Si tu as besoin, je suis dans le salon.

Elle se poste devant la porte et tourne la
tête vers moi avant de quitter la pièce.

– Je ne sais pas ce qui s'est passé, tu ne
veux rien me raconter. Mais je sens bien
qu'au fond, rien n'est terminé pour toi : je
t'entends prononcer son nom la nuit. Si
seulement tu me laissais t'aimer, tu verrais

que, moi aussi, je peux prendre beaucoup de place dans ta vie.

– Je suis désolé, soufflé-je avant qu'elle ne referme la porte.

C'est tout ce que j'ai trouvé à dire. Je sais bien que je ne suis pas vivable et que je ne lui laisse pas sa chance, mais c'est plus fort que moi. Je ne peux tout simplement pas l'oublier. C'est au-dessus de mes forces.

Chapitre 2

8 mois auparavant

J'attends qu'elle réagisse, tout en ne sachant absolument pas à quoi m'attendre. Elle se décide enfin à s'approcher. Et là, je me prends une gifle avec un grand « G » ! Ma joue me brûle à un tel degré que je presse ma paume contre celle-ci pour apaiser la douleur.

– Pourquoi ? me demande-t-elle furieuse.

Voyant que je ne comprenais pas sa question, elle continue.

– Tu voulais que je perde le combat, c'est ça ?
– Bien sûr que non, que vas-tu t'imaginer ?

– Alors pourquoi m'avoir fait subir ça ?

– Mais je ne l'ai pas programmé Jessie !

– Bien sûr que si ! Au moment même où tu as fait ta valise et pris tes billets d'avion. Et maintenant que fais-tu là ? Pourquoi n'es-tu pas parti ?

Elle croise ses mains sur ses bras et me regarde droit dans les yeux.

– Je me suis rendu compte que je ne pouvais pas partir. Pas sans toi !

– Tu m'as blessée Loucas, profondément.

– Je suis désolé mon amour !

– Et tu peux l'être, tonne une voix dans mon dos.

Will se tient dans l'encadrement de la porte, bras croisés sur sa poitrine et sourcils froncés. Je savais qu'il n'était pas ravi de me revoir, mais ce n'est pas pour lui que je suis là, c'est pour elle !

– Je pense que tu devrais partir. On se voit plus tard, affirme Jessie.

– Certainement pas ! grondé-je.

– On va fêter la victoire. Tu sais, celle-là même pour laquelle tu n'étais pas présent.

Et inutile de préciser que tu n'es pas invité, réplique Will.

— Jessie, s'il te plaît, laisse-moi t'expliquer au moins, la supplié-je.

— Allez, viens championne, les autres nous attendent.

— Ne te mêle pas de ça Will, tu en as assez fait. Laisse-nous tranquilles.

— Ça, il fallait y penser avant de te barrer alors qu'elle avait besoin de toi, mon gars !

— STOP ! Ça suffit tous les deux, hurle soudain Jessie. Laisse-nous !

Aucun de nous ne réagit, ne sachant pas à qui elle s'adresse. Nous nous toisons tous les deux en chiens de faïence. Puis, elle tourne la tête vers Will.

— S'il te plait Will, laisse-moi deux minutes et j'arrive.

— Mais…, commence-t-il surpris.

— S'il te plait. Je vous rejoins après, d'accord ? insiste-t-elle.

— Comme tu voudras ma belle !

Puis, il tourne les talons et nous laisse. Un long silence s'installe durant lequel nous ne nous quittons pas des yeux. Soudain, Jessie tombe à genoux en larmes. Alors que je me précipite vers elle, elle s'exclame :

– Non, n'approche pas !
– Mais …
– Tu m'as tellement blessée que je voulais que tu voies dans quel état je suis intérieurement.
– Je suis tellement désolé, soufflé-je.
– Moi aussi Loucas, moi aussi.

Une larme coule sur sa joue, que j'essuie du bout des doigts.

– Je pensais que cette fois-ci, c'était la bonne !
– De quoi tu parles ? demandé-je perplexe.
– Nous, murmure-t-elle.
– Que veux-tu dire ?
– J'y ai cru, vraiment je t'assure. Mais regarde la réalité en face, on n'y arrive pas, Loucas.
– Non, ne dis pas ça, s'il te plait bébé !
– Cette fois-ci, c'est à moi d'être désolée mais je n'en peux plus. Je suis fatiguée.

– Jessie, bébé, mon amour. S'il te plait, ne fais pas ça. On y arrivera, je te le promets.

– Non Loucas, je ne veux plus. On s'arrête là !

Elle se relève et prend la direction de la porte. Je la rattrape par le poignet et la force à se tourner vers moi.

– Je te le demande encore Jessie, reste avec moi. Tu ne peux pas, on ne peut pas se quitter comme ça. Je t'en supplie.
– C'est trop dur ! pleure-t-elle.
– Embrasse-moi.
– Non, laisse-moi partir.
– Bébé, je t'en supplie. Embrasse-moi, surtout si ça doit être la dernière fois.

Je pose mes mains sur ses hanches pour mémoriser ses courbes. Ça sera sûrement ma dernière chance de la prendre dans mes bras. Jessica me regarde et m'embrasse doucement comme pour s'imprégner elle aussi de ce dernier geste. Puis, dans un soupir, comme si elle retenait sa respiration depuis longtemps, elle met fin à ce baiser, bien trop rapidement à mon goût. Dans un souffle, elle me murmure son adieu puis sort de la salle en courant. Elle était partie avant que je ne rouvre les yeux à mon tour.

Je reste seul à me demander quand je pourrai la revoir et comment pourrais-je remonter le temps. Je comprends que je l'ai blessée, mais je ne pouvais pas faire autrement. Et maintenant, c'est moi qui suis mal de l'avoir perdue.

Je dois tout tenter, j'ai jusqu'à mercredi pour la convaincre de partir avec moi !

Aujourd'hui

Nous arrivons au Thunder Milano de Milan un peu avant vingt heures, heure à laquelle débute le combat. Je ne l'ai dit à personne, mais un peu plus tôt dans la journée, ma migraine a repris. Comme à mon habitude, j'ai demandé à tout le monde de me laisser seul avant l'affrontement ; ce qui n'a pas plu à Vic. Mais Antonin, lui, sait très bien pourquoi, en tout cas, je jurerais qu'il s'en doute.

J'ai pris l'habitude de prendre de ses nouvelles avant chaque combat, en appelant Ariane, sa sœur. Personne n'est au courant qu'elle me répond et me fait un topo sur la vie de chacun. De ce fait, je sais qu'Emma et Estéban se sont mis en ménage à Saint-Nazaire, Marissa et Matthew vont être parents dans quelques mois, et Ariane continue ses études tout en côtoyant toujours son petit ami, Tom. Enfin, ce qui m'intéresse, c'est surtout *elle*, Jessie. Elle a laissé tomber son boulot et son appart, et vit maintenant entre Nantes et Saint-Nazaire. Elle travaille dans un bar. Je sais aussi qu'elle fréquente Will à l'occasion et cette simple idée me met les nerfs à vif.

Je prends un antidouleur pour faire passer ma migraine et me pose dans le noir, le temps de me reconcentrer. Quelques minutes plus tard, Antonin vient me chercher pour le combat.

— Que fais-tu dans le noir, ça ne va pas ?
— Si, si, j'avais juste besoin de me recentrer un peu.
— Tu as toujours tes migraines ?

– Non, ça va, j'avais juste besoin de réfléchir un peu. Dans le noir, c'est plus facile. Bon, on y va !

– Oui, c'est parti, si tu te sens prêt, me répond-il suspicieux.

J'entends le présentateur annoncer les arrivées et lancer le début du combat.

– Mesdames et Messieurs, merci de faire une ovation pour le champion ! J'ai nommé Stanislas Lombardi.

Une acclamation se fait alors entendre lorsqu'il fait son entrée sur la chanson d'Eminem, *Lose Yourself*. Puis, je fais mon apparition sur *No Easy Way Out* de Robert Tepper. Cette chanson est connue pour avoir été entendue dans le film Rocky IV. Pour moi, elle signifie bien plus, surtout depuis quelques mois.

– Il est connu pour son puissant jab, s'il vous plait, un tonnerre d'applaudissements pour Loucas Maréchal !

Nous prenons place sur le ring et l'arbitre nous donne les consignes. Enfin, le combat peut commencer.

Explications du commentateur[1] :

Dès que le son de la cloche annonçant le début du combat se fait entendre, Lombardi tente d'établir un jab. Loucas lui démontre rapidement qu'il est celui qui contrôle le mieux l'art de la main avant. Sans être très spectaculaire, il parvient à garder son adversaire à distance. Il fait des dommages. On entend le coach de Stan lui demander d'attaquer le corps, mais il ne parvient pas à toucher Loucas.

Dans le second round, Loucas est bien décidé à en finir avec Stan, grâce à plusieurs jabs qui le touchent directement au visage. Stanislas tente bien quelques frappes, mais Loucas ne se sent pas en danger et évite les coups sans problèmes.

3ᵉ round : Stan lance une première droite qui atteint enfin Loucas ; ce qui lui permet de nombreuses ouvertures. Il en profite pour se venger. Loucas réussit tout de même à atteindre sa cible avec son fameux

---

[1] Inspiration du méga combat d'unification des poids moyens opposant David Lemieux VS Gennady Golovkin au Madison Square Garden de New York en octobre 2015.

jab. Celle-ci semble être sa meilleure attaque.

4ᵉ round : Les rôles sont inversés : Loucas n'arrive plus à atteindre Stan. Celui-ci se lance dans une série gauche/droite, droite/gauche, crochet du droit. Loucas pose un genou au sol, mais se relève aussitôt avec un grand sourire pour faire comprendre à son adversaire qu'il peut encore encaisser les coups.

5ᵉ round : Stanislas tente encore quelques frappes vigoureuses, mais chaque fois, Loucas réplique avec un jab très puissant qui fait de plus en plus de dommages. Il reste un peu moins d'une minute avant la fin du round. Loucas a amené Stanislas dans les câbles et lui lance un coup terrible qui semble faire souffrir son adversaire.

6ᵉ round : Le visage de Stan est très amoché. L'arbitre demande une pause afin de faire venir le médecin sur le ring, pour sortir le sang de son nez. Loucas regarde son entraîneur et lui affiche un clin d'œil, sûrement pour lui faire comprendre que c'est dans la poche. Une fois le combat recommencé, Loucas atteint encore Stan à plusieurs reprises avec ses jabs. À la toute fin du round, Antonin hurle à Loucas d'éviter le crochet du gauche.

7e round : Loucas semble ébranlé par la dernière attaque de Stanislas. Il tente quelques frappes, mais il rate la cible à tous les coups. Stan en profite et lance ses attaques au corps, Loucas tente toutefois un dernier jab et Stan s'effondre. L'arbitre décide finalement de terminer le combat et sonne la cloche de fin. Stan frappe une dernière fois Loucas avec un crochet gauche qui l'atteint directement à la tête. Il se fait rapidement stopper par l'arbitre et Loucas tombe au sol. Antonin, son entraîneur, se rue sur le ring pour le sortir au plus vite. Le combat est terminé et Loucas Maréchal est déclaré vainqueur par 86 à 54.

Loucas a été pris de convulsions lors de sa montée dans l'ambulance, et a été placé sous respiration artificielle dès son arrivée à l'hôpital. Les urgentistes craignent le pire et pensent qu'il a subi le coup de grâce impliquant sûrement une commotion cérébrale.

Le docteur Martinez, qui le connaît bien, soutient qu'il l'avait prévenu des risques s'il combattait. Antonin le défend en insistant sur le fait que si Lombardi n'avait pas frappé après la cloche, tout ceci ne serait pas arrivé. À ses yeux, Loucas a fait un super combat, l'un des meilleurs qu'il n'ait jamais vu. Vic, sous le choc, ne prononce aucun mot. De son côté, elle craint le pire. Depuis qu'ils ont quitté la salle, elle prie pour que Loucas s'en remette au plus vite.

— Deux semaines ! Deux semaines que nous sommes ici et qu'il ne se réveille pas. Tu peux me dire ce qu'ils attendent, toutes ces blouses blanches, pour se bouger, s'écrie Victoria.

— Ils font ce qu'ils peuvent, Vic. Il faut attendre, tente de la rassurer Antonin.

— Leur travail… reprend-elle. C'est de tout faire pour le réveiller, non ? Alors qu'est-ce qu'ils foutent, tonne-t-elle au moment où la porte s'ouvre sur le docteur Martinez, suivi d'une infirmière et du neurologue.

– Bonjour Victoria. Antonin.

– Salut doc'. Alors quelles sont les nouvelles ? questionne Antonin.

– Malheureusement, elles ne sont pas très bonnes. Loucas est tombé dans le coma.

– NON ! Pas ça, crie Vic.

– Je suis désolé, s'excuse le médecin. On va faire tout notre possible pour le sortir de là.

– Vous avez intérêt, menace Victoria.

– Merci doc' et fais ce que tu as à faire, je te fais confiance.

Le docteur Martinez et Antonin se saluent d'un signe de tête et tous prennent congé.

Chapitre 3

Jessica

Vivement la fermeture, car je suis éreintée. On a eu pas mal de monde ce soir. Luke est dans le bureau et compte la caisse pendant que je m'occupe de tout ranger et de tout nettoyer.

– J'y vais Luke, à demain.
– Merci Jessica, bonne soirée et salue la troupe pour moi.
– Ça sera fait, tchao !

Je sors du bar et monte dans ma voiture quand je reçois un texto d'Emma. Elle m'informe que la porte est ouverte et qu'ils m'attendent sur la terrasse.

Lorsque j'entre, je les entends discuter et j'ai la sensation qu'ils se prennent la tête.

– Il faut qu'on le lui dise Estéban, elle doit savoir !

– Que dois-je savoir ? demandé-je.

Ils sursautent tous les deux et me regardent, ahuris, pendant que je prends une bière et m'assois avec eux.

– On ne t'a pas entendu arriver, tu as fini de bonne heure, s'exclame Emma.

– Luke est en train de fermer, on a eu du monde. Alors que se passe-t-il ? demandé-je.

Ils se regardent tous les deux puis Estéban se met à fouiller dans son téléphone. Il est le premier à rompre le silence.

– De toute façon, elle le saura tôt ou tard. Alors autant que ce soit par nous, explique-t-il en me tendant son téléphone.

Je tombe sur un article de journal publié il y a moins d'un mois : « *Un homme de 29 ans dans le coma après un mauvais coup reçu lors d'un combat de boxe à Milan* ». Je regarde mes deux amis, ne comprenant pas pourquoi ils me montrent cet article.

Lorsque je vois leur mine déconfite, je comprends ce qui se passe et je me décompose.

— Ce n'est pas...
— Si Jess, me coupe Emma. C'est bien lui.
— Depuis quand le savez-vous ? demandé-je les yeux ruisselant de larmes.
— Ça n'a pas d'importance Jess, déclare Estéban.
— Quand ? réclamé-je de nouveau.
— Deux semaines, finit par lâcher ce dernier.
— Pourquoi vous ne me l'avez pas dit avant ?
— On ne savait pas si tu voulais avoir de ses nouvelles ni comment tu allais réagir, se justifie Emma.
— Tu ne savais pas comment j'allais réagir ? Mais bon sang Emma, tu sais très bien que ce genre de nouvelles est super important, m'écrié-je. Et Antonin et Matthew ? Pourquoi ne m'ont-ils rien dit ?

– J'en sais rien moi ! Depuis le soir de ta victoire en Espagne, tu ne dis plus rien à personne. Antonin a bien essayé de te joindre, mais tu ne réponds même pas au téléphone. On ne sait pas comment tu vas ! proteste Emma.

J'avoue que sur ce coup-là, elle n'a pas complètement tort. Je ne regarde que très rarement mon téléphone et ne prends pas la peine de répondre lorsqu'on m'appelle, sauf si c'est Ariane, ou par moment, Will.

J'ai définitivement tourné la page en ce qui concerne la boxe. Enfin, c'est ce que je croyais avant d'apprendre que Loucas était dans le coma. Je ne peux pas en vouloir à Antonin. Il a toujours été là et fait tout ce qu'il peut.

Je décide de rentrer et de l'appeler pour savoir comment va Loucas.

– Allô, décroche celui-ci à moitié endormi.
– Oh merde, excuse-moi. Je te réveille ?

– Non ça va. Quel honneur de t'avoir au téléphone, je suppose que tu es au courant !

– Je suis tellement désolée Antonin. Comment va-t-il ?

– Il est toujours stable mais on commence à redouter le pire.

– Quand revient-il en France ?

– Mercredi logiquement.

– Qui s'occupe de lui là-bas ?

– Le docteur Martinez. D'ailleurs, il serait heureux d'avoir de tes nouvelles si tu décidais de venir voir Loucas.

– Je ne sais pas si c'est une bonne idée… Je n'ai pas revu Loucas depuis mon dernier combat. Je pense que ça serait mal venu de ma part de courir à son chevet.

– Tu plaisantes, j'espère ?

– Antonin, comprends-moi.

– Cela fait huit mois que je ne te comprends plus Jessie, rétorque-t-il.

J'encaisse le choc, Antonin ne m'avait jamais dit ce qu'il pensait de tout ça, mais je suis sûre qu'il ne va pas tarder à me l'expliquer.

– Tu ne sais pas tout Jessie !

– De quoi tu parles ? Je ne comprends pas.

– Je te dirai tout lorsqu'on se verra. Il y a des choses qui ne se disent pas au téléphone, m'annonce-t-il. Et sinon, tu as toujours des nouvelles de Will ?

– Bien sûr. On s'appelle souvent et il arrive qu'on se voie. Pourquoi ?

– Il est rare que je puisse t'avoir au téléphone, alors tu m'excuseras de vouloir en profiter pour prendre de tes nouvelles.

– Excuse-moi Antonin, mais il est vrai que j'ai encore un peu de mal avec le passé. Il y a eu beaucoup de changements dans ma vie, à commencer par mon surnom. Je ne souhaite plus qu'on m'appelle Jessie. Elle est morte avec la boxe ! Et puis, j'ai changé de travail. Maintenant, je suis barmaid et je m'y sens bien. J'ai déménagé aussi. Désormais, je vis près de Nantes, dans une petite maison. Fini l'appartement deux pièces !

– Oui, effectivement, je vois que tout a changé. J'espère tout de même que la Jessie que j'ai connue est toujours un peu là : rêveuse, avec son grain de folie, caractérielle et ambitieuse.

– Je le suis toujours, ça, je peux te l'assurer Antonin, rigolé-je.

– Je te rappelle très vite pour t'arranger une visite dès notre retour en France.

– Merci Antonin.

– Et tu as intérêt de décrocher cette fois-ci, ironise-t-il.

– Promis.

– À bientôt Jessica !

Comme promis, Antonin s'est renseigné sur l'état de santé de Loucas. Malheureusement, les nouvelles ne sont pas aussi bonnes que j'espérais. Il va de plus en plus mal et les médecins craignent qu'ils ne succombent à son traumatisme crânien.

Il a réussi à m'obtenir une visite, mais c'était sans compter sur Victoria, qui ne voit pas mon retour d'un très bon œil.

– Je ne vois toujours pas ce que tu fais là, objecte-t-elle.

– Victoria, s'il te plait, laisse-la tranquille, me défend Antonin.

– Et pourquoi ça je te prie ? Pour qu'elle lui fasse encore plus de mal qu'elle ne l'a déjà fait ! Tu crois que parce que Madame daigne enfin se montrer, il va se réveiller !

— On n'a jamais dit ça Victoria. Je peux t'assurer que tu n'as rien à craindre de ma part. Je t'en supplie, laisse-moi juste le voir un instant et je te promets que je ne reviendrai pas. Laisse-moi cette minute.

— D'accord. Mais avant, promets-moi une chose ? commence-t-elle.

— Je t'écoute, demandé-je prudemment.

— C'est moi qui suis avec lui maintenant et il n'est pas question que tu viennes mettre ton grain de sel. Je t'accorde donc cinq minutes, mais après, ne reviens plus le voir ici, c'est clair ?

— Je comprends tout à fait et je peux t'affirmer qu'il n'y a plus rien entre lui et moi.

— De ton point de vue peut-être, mais lui n'en a pas fini avec toi. Il hurle ton nom au milieu de tous ses cauchemars. Et il en fait de nombreux ! Pourtant, ce n'est pas toi qui fais ton possible pour calmer ses migraines. Six mois que je me bats tous les jours pour qu'il arrive à t'oublier !

— Je suis désolée, confié-je. Je ne savais pas.

– Il y a beaucoup de choses que tu ne sais pas. De plus, je n'ai pas besoin de ta pitié, signifie-t-elle.

– Ce que tu prends pour de la pitié, moi, j'appelle ça de la sympathie, me justifié-je.

Puis, je la dépasse et entre dans la chambre. Loucas est allongé sur le lit, avec des branchements un peu partout pour l'aider à respirer. Le seul bruit que l'on entend est celui de l'écran qui se situe à sa gauche et qui indique ses constantes.

Dès que je le vois, je me sens fébrile. Je n'avais pas prévu que le revoir ferait jaillir une foule de sentiments en moi. Alors que je pensais les avoir enfouis au plus profond de moi...

C'est ce moment-là que choisit le docteur Martinez pour faire son entrée.

– Jessica, ma belle. En voilà une surprise.

– Salut doc'.

– Je suppose que tu viens aux nouvelles ? Il reste stable mais très faible. À ce jour, rien ne peut nous permettre d'assurer son pronostic vital. Il faut s'attendre à tout, au meilleur comme au pire. Je suis désolé d'être aussi direct, mais tu me connais. Je ne peux pas me permettre de faire dans la dentelle dans ce genre de cas.

– Oui et je te remercie pour ta franchise. Je sais que tu fais tout ce que tu peux pour le sauver. Je me doute que ça ne doit pas être facile, mais merci d'être venu avec lui.

Ce que je n'avais pas prévu, dans un deuxième temps, c'est qu'un patient à l'hôpital engendre forcément la visite des proches. Les parents de Loucas font leur entrée et il y a bien longtemps que je ne les ai pas vus. La dernière fois que nous nous sommes vus, c'était à l'enterrement de mes parents. Ils avaient fait le déplacement avec son frère, Sam, qui vit plus près.

Aussi, sont-ils surpris de me voir. Lorsque sa mère me prend dans ses bras, je suis prise au dépourvu car je pensais qu'elle m'en aurait voulu.

—Patricia, Rémi, bonjour.

– Jessica, ma chérie ! Je suis si heureuse de te voir.

Rémi pose sa main sur mon épaule et m'annonce sans préliminaires :

– Bien évidemment, nous aurions préféré te revoir dans d'autres circonstances ! Mais je suis heureux que tu sois là, finit-il par ajouter, ému.

Je remarque que les parents de Loucas ne sont pas aussi chaleureux à l'égard de Victoria. Celle-ci se tient un peu en retrait désormais et ne quitte pas Loucas des yeux. Elle a cette même lueur dans les yeux que j'avais il y a bien longtemps maintenant.

Afin de tenir ma promesse vis-à-vis d'elle, je ne m'attarde pas davantage et prend congé rapidement. Mais je n'arrive pas à m'empêcher de promettre à Patricia de revenir le voir ; ce qui me vaut un regard noir de la part de Victoria. Je m'approche de Loucas et lui murmure à l'oreille.

– Je repasse bientôt, ne me fais pas faux bon, hein !

Chapitre 4

Je propose à Antonin de passer à la maison, histoire de profiter du calme pour discuter. Visiblement, il a des choses à me dire et je suis curieuse de savoir de quoi il en retourne.

— Vas-y, je t'écoute, annoncé-je sans préavis, en lui servant une bière.

— Je ne vais pas y aller par quatre chemins. C'est nous qui avons acheté le billet d'avion pour Loucas.

— Je ne comprends pas.

— Il y a neuf mois. Il n'avait pas le choix.

— Tu veux dire que vous avez fait exprès de prendre un billet à cette date-là ? articulé-je difficilement.

– Non, bien sûr que non ! Il n'y avait que ce départ de possible sinon il aurait attendu deux semaines de plus et pour nous, c'était inconcevable, se justifie-t-il. Il aurait loupé son rendez-vous.

– Quand tu dis « nous », c'est qui ? le questionné-je.

– Je crois que tu le sais déjà Jessica.

Je mets un moment avant de m'en remettre.

– Pou..., pourquoi avoir attendu tout ce temps avant de me le dire ?

– Tu ne voulais plus rien entendre. Je ne savais pas ce qui c'était passé dans le gymnase après ton combat, avant que Loucas me le raconte il y a quelques semaines. Je pensais que Will avait clarifié la situation.

– Attends une minute, le coupé-je. Will n'a jamais pris la défense de Loucas !

– C'est ce que j'ai cru comprendre, oui.

– Mais pourquoi ? m'étonné-je.

– Et moi, je me demande bien pourquoi ça t'étonne autant, ajoute Antonin.

Je réfléchis un instant et la réponse me saute littéralement aux yeux. Il faut absolument que je voie Will pour qu'on ait une petite discussion !

— Elle n'est rien pour lui, ajoute Antonin, me coupant dans mes réflexions.

— De qui tu parles ?

— Victoria, c'est juste... Comment décrire leur relation ? Un divertissement, poursuit-il.

— Un divertissement ? répété-je perplexe.

— Oui, enfin, si on peut dire ça comme ça. Elle n'a jamais occupé une autre place que ça. Et Loucas ne l'a jamais laissé la prendre non plus. Comme n'importe quelle fille qu'il a croisée ces derniers mois !

— Ok. N'empêche qu'elle est là maintenant et je ne veux pas être celle qui brisera ses espoirs.

Antonin me regarde avec un sourire aux lèvres.

— Avoue que cette visite a réveillé quelques sentiments ?

— Peut-être qu'effectivement, il reste quelque chose. Mais il ne pourra plus rien se passer. Comme je te l'ai dit, il y a Vic désormais !

– Et au risque de me répéter : elle n'est rien pour lui !

Un long silence s'installe pendant lequel on se regarde. Antonin est le premier à le briser.

– Tu m'as beaucoup manquée, tu sais !

– Toi aussi Antonin. Encore une fois, je suis désolée de ne pas t'avoir donné de nouvelles.

– Argh… t'inquiète, ce n'est pas grave. Je te connais bien maintenant. Et puis, j'avais mon petit doigt pour me donner des nouvelles, m'explique-t-il avec un clin d'œil.

Je n'ai pas besoin de réfléchir très longtemps au nom de son petit doigt, étant donné qu'Antonin s'est toujours très bien entendu avec Ariane. Puis il ajoute dans une quinte de toux.

– Et il n'y a pas qu'à moi qu'elle en donnait.

– Pardon, je n'ai rien compris à ce que tu as dit ?

– Non rien d'important, ne t'inquiète pas.

Je reçois un sms de Will m'informant qu'il est ok pour passer à la maison le lendemain midi. Antonin me demande si je souhaite qu'il soit présent, mais je préfère régler cette histoire seule. De toute façon, avec les confidences de mon ancien coach, je saurai tout de suite s'il ment.

Mon ami reçoit un appel du centre de New York où Loucas a débuté sa formation de coach. Ils lui demandent de ses nouvelles et lui apprennent qu'ils ont validé sa formation, au vu des derniers évènements survenus. Il pourra donc prendre ses fonctions d'entraîneur dès qu'il en sera capable. Cela me fait sourire puisqu'aujourd'hui, on ne sait toujours pas s'il va survivre !

Antonin leur demande de ne pas divulguer l'information pour le moment. Comme nous n'avons pas la certitude qu'il se réveille, cela pourrait être perçu comme de la négligence envers sa famille.

Il devait être près de quatre heures du matin lorsque nous avons terminé la soirée, si bien que j'ai supplié Antonin de ne pas rentrer chez lui. Ce sont donc les coups frappés à la porte qui me réveillent. Quand j'ouvre la porte, je ne sais pas trop quelle heure il est et j'ai les yeux à peine ouverts. Tout de suite, des effluves de fleurs me transpercent les narines et me donnent la nausée.

– Quel accueil ! me salue Will en entrant.

– Salut. Veux-tu bien avoir l'obligeance d'enlever ces fleurs de mon nez s'il te plait ? Elles me donnent la gerbe.

– Ok. Visiblement, y en a une qui a passé une sacré soirée, s'amuse Will.

– T'imagines même pas, dis-je en me frottant les tempes.

– J'espère au moins que tu ne t'es pas bourré la tronche toute seule !

Un bruit se fait alors entendre. Hébété, Will me fixe, le bouquet de fleurs tombé à ses pieds. Antonin fait son entrée, torse nu, le bas uniquement recouvert d'une serviette de bain. Il vient se servir un café. Will nous regarde un à un bouche-bée.

– Vous..., vous deux... Vous..., commence-t-il sans pourvoir finir sa phrase.

Antonin et moi, nous nous regardons et éclatons de rire.

— Will par moment, tu sais que tu es hilarant ? rétorqué-je.

— Sérieux mon pote, tu n'as pas trouvé mieux que nous mettre dans le même lit maintenant ! déclare Antonin, les sourcils froncés.

— Qu'est-ce que tu veux dire Antonin ?

— Bon, je vais m'habiller moi, je vous laisse, annonce Antonin en s'éclipsant.

Will me lance un regard interrogateur, ne comprenant pas ce qui se passe. Il s'approche de moi et commence à poser sa main sur ma hanche. Je la lui retire aussitôt et croise les mains sur les bras.

— Et si on jouait à un jeu ? lui proposé-je, sourire en coin.

— Ok et qu'y a-t-il à gagner ? m'interroge-t-il d'une voix suave.

— La vérité, annoncé-je de but en blanc.

— La vérité ?

— Revenons environ neuf mois en arrière, tu veux.

À son regard, je comprends immédiatement qu'il sait où je veux en venir. Il se
pose contre le mur, prend un air neutre et
tout en scrutant ma réaction, il me demande.

— Que veux-tu savoir ?
— Tout. Je veux tout savoir. À commencer par le début, lorsque Loucas a décidé de
faire une formation d'entraîneur.
— Mais enfin Jessica, je ne vois pas...
— Pas la peine de prendre de gants avec
moi et s'il te plaît, épargne-moi tes excuses.
Je crois que je sais déjà ce que tu ressens,
mais je veux connaître ce qui s'est vraiment
passé.

À ce moment-là, Antonin pousse la porte
de ma chambre d'ami et vient m'embrasser
sur le front, avant de prendre sa veste.

— Je t'appelle plus tard. À plus vous
deux.
— Antonin attends, l'interpelle Will.

Celui-ci se retourne et le regarde surpris.

— Tu ne m'en veux pas ?

– Bien sûr que non. Je te connais trop pour ça, mon pote, sourit-il.

– Je voudrais que tu restes s'il te plait.

– Pourquoi ? Tu ne te sens pas capable de lui avouer la vérité ?

– Bien sûr que si mais je voudrais que tu écoutes ce que j'ai à dire aussi.

– Bien, comme tu veux.

– Merci.

Nous nous installons sur le canapé, Antonin à mes côtés et Will en face de nous. J'ai l'impression d'assister à un remake du divan, présenté par Marc-Olivier FOGIEL. En ligne de mire : mon passé d'il y a neuf mois.

Chapitre 5

Cela fait des mois que je rends visite à Loucas, sous la surveillance extra-rapprochée de Victoria. Son état ne s'est pas amélioré, mais n'a pas empiré non plus. Elle apprécie moyennement que je vienne rendre visite toutes les semaines à son amoureux. Bien évidemment, je ne peux pas vraiment lui dire ce que j'ai sur le cœur, car avec les oreilles qui traînent, il est difficile de me confier.

Heureusement pour moi, Victoria est du genre accro au café ; ce qui me laisse cinq minutes chaque heure pour me confier à lui et le supplier de revenir à moi. J'ai croisé plusieurs fois Patricia en partant de l'hôpital et nous avons fini par aller prendre un café ensemble.

– Comment tu vas, ma petite chérie ?

– Ça va assez bien merci. Je suis vraiment désolée de ne pas être venue vous voir.

– Il n'y a pas de problèmes ma louloute, je comprends que tu ne veuilles pas reprendre contact avec tes ex-beaux-parents. Qui le voudrait après une rupture pareille ?

– Comment se porte Poutchi ?

– Il va super bien mais je pense que tu lui manques. Passe le voir à l'occasion. Victoria nous l'a apporté il y a quelques jours, car elle ne le supportait plus.

– Ah bon et pourquoi cela ?

– Ça n'a jamais vraiment été le grand amour entre Poutchi et Victoria. L'hospitalisation de Loucas a beaucoup affecté Poutchi et il a commencé à devenir agressif. Forcément, étant là, c'est elle qui prend. Et on va dire qu'elle n'est pas du genre à aimer les animaux.

– Ah oui je comprends. Si vous avez besoin pour le garder, n'hésitez pas, je serais ravie de le prendre avec moi.

– Merci Jessica, c'est vraiment très gentil de ta part. Je veux bien, car il est vrai qu'avec tous les animaux que nous avons déjà à la maison, ça devient compliqué. Mais surtout, il ne faut pas que cela t'embête.

– Mais non, il n'y a aucun problème. Je vous assure.

– Tu sais, je préférais nettement lorsqu'il était avec toi.

– Pourquoi ? Elle n'est pas gentille Victoria ?

– Si, si, bien sûr qu'elle est gentille. Mais elle paraît quand même un peu empotée, si tu vois ce que je veux dire.

– Oui, mais cela m'étonne de vous. Vous n'êtes pas du genre critique !

– Eh bien, il faut dire ce qui est quand son fils rencontre une dinde superficielle !

– Je pense que vous y allez un peu fort quand même.

– Certes, mais tu me connais. Il est rare que j'y aille par quatre chemins. Bon, parlons de choses sérieuses : que s'est-il passé entre vous ?

– Rien de plus que ce que vous savez déjà, Patricia.

– Mais encore....

– On va dire que j'ai appris récemment que tout était parti d'un malentendu. Will a, comme qui dirait, un peu craqué pour moi et s'est arrangé pour que la place se libère.

Patricia se gratte le menton en réfléchissant à ce que je viens de dire. Puis, son regard s'illumine et elle ajoute.

– Donc tout n'est pas fini entre vous !

– Patricia. Il a Victoria dans sa vie maintenant. Moi, je fais partie du passé. Si je passe le voir à l'hôpital, c'est juste...

– Parce que tu as pitié, me coupe-t-elle.

– Mais non. Bien sûr que non. Je tiens encore beaucoup à lui, mais plus comme avant. Nous ne sommes plus que de bons amis désormais.

Patricia me regarde d'un air suspect et je finis par ajouter dans un sourire.

– De très bons amis.

Nous discutons encore un peu avec Patricia. Elle me raconte la relation de Loucas et Victoria. Comment celle-ci a fait tout son possible pour qu'il la regarde comme il me regardait moi. Sans y parvenir au final. Depuis, elle traîne partout sa mélancolie.

— Elle est mannequin pour un magazine de mode mais lorsqu'elle a rencontré Loucas, elle a mis un terme à son contrat pour le suivre partout où il va. Elle ressemble plus à une groupie qu'à sa petite amie. En tout cas, c'est l'impression qu'ils donnent, vu de l'extérieur.

— Si personne ne la laisse entrer, ne vous étonnez pas qu'elle ne trouve pas sa place, répliquée-je.

— Vous êtes différentes toutes les deux, songe-t-elle à voix haute.

— Heureusement !

— Non. Ce que je veux dire, c'est que tu as changé toi aussi, ces derniers mois. Tu as plus d'empathie, je trouve.

— J'ai vécu beaucoup de choses qui m'ont fait réfléchir. Je suppose que dans un sens, j'ai grandi.

— C'est peut-être cela, tu as raison. Mais je suis heureuse de te voir comme ça.

— Merci, ça me touche venant de votre part, Patricia.

Puis, je lui parle un peu d'Ariane et de ce qu'elle devient : son nouveau petit copain et le travail dans lequel elle s'est récemment lancée. Lorsqu'enfin nous sortons du café, le jour commence déjà à s'atténuer. Nous nous disons au revoir, avec la promesse de nous retrouver très bientôt. Chacune retourne ensuite à ses occupations.

Lorsque je rentre à la maison, Victoria m'attend devant la porte avec Poutchi. Dès que celui-ci me voit, il se débat et me saute dessus.

– Sale cabot ! crache Victoria en ramassant la laisse qu'elle a laissée tomber par la force du chien.

– Bonjour mon loulou, comment tu vas, toi ?

– Il paraît que ça ne te dérange pas de le prendre.

Je lève la tête vers elle, l'ayant complètement oubliée, tout à mes retrouvailles avec Poutchi.

— C'est exact. J'ai proposé à Patricia de me l'amener si vous aviez besoin.

— Alors prends-le. De toute façon moi, il ne m'écoute pas, affirme-t-elle, amère.

— Cela ne t'empêchera pas de venir le voir, quand tu le désires.

— Ça ira merci. Je ne suis pas en manque d'affection à ce point !

Je me redresse et arque un sourcil, la regardant droit dans les yeux. C'est un combat de poulettes qui s'apprête à se jouer ce soir... Si elle croit me faire peur, je pense qu'elle a oublié à qui elle s'adressait. Puis lentement, je reporte mon attention vers le chien, qui n'a pas bougé d'entre mes jambes.

— Alors mon Poutchi, on va passer un moment tous les deux à la maison, pendant que ton maître se rétablit. Hein mon loulou ?

— Tu lui parles toujours comme ça ? demande Vic, les bras croisés.

– Non, je suis juste contente de le revoir.

– Comme tu es heureuse de revoir son maître ?

– Je ne te suivrai pas sur ce terrain. Loucas et moi, nous nous sommes connus il y a longtemps et il a beaucoup compté pour moi. C'est normal que je lui rende visite lorsqu'il ne va pas bien.

– Pourtant, on ne t'a pas beaucoup vue ces derniers mois !

– Et je te répondrai heureusement pour toi, sinon tu ne serais probablement pas avec lui.

Victoria accuse le coup mieux que ce à quoi elle m'avait habituée lors de nos rencontres à l'hôpital.

– Il vaut peut-être mieux que je te prévienne une nouvelle fois. Tu es peut-être en très bons termes avec ses parents, mais sache que Loucas t'a oubliée. Il ne pense plus à toi ou en tout cas il n'y pensera plus bientôt.

– Où veux-tu en venir ?

– Nous sommes fiancés avec Loucas et j'aimerais que tu t'approches le moins possible de lui. Soit, je t'ai autorisée à venir le voir à l'hôpital, mais désormais, je souhaite que tu ne viennes plus. Comme le médecin te l'a dit, son état est stable, alors inutile de te déplacer pour rien. Je suis là et je m'occupe de lui. C'est mon rôle à moi maintenant. Tu as perdu cette fonction, il y a bien longtemps.

Cette remarque me fait comme l'effet d'une gifle. Je me lève et m'assure de ne rien laisser transparaître sur le visage. Elle a raison, je ne dois plus m'interposer entre eux. Loucas est passé à autre chose et je dois me faire à cette raison.

— Y a-t-il quelque chose que je dois savoir à propos de Poutchi ?

— Je ne sais pas, débrouille toi. Ce n'est pas mon chien.

— Parfait, alors je ne te retiens pas.

— En espérant que le message soit passé cette fois.

— Il l'est.

Victoria tourne les talons et s'en va, sans même une dernière caresse ou un petit mot pour Poutchi. En même temps, je crois que celui-ci ne lui en demande pas non plus.

C'est décidément le grand amour entre ces deux-là !

– Allez, rentre mon chien, on va t'installer.

Poutchi me suit et entre dans la maison qu'il considère déjà comme chez lui. Ça va me faire du bien de l'avoir avec moi, car je me sentirai moins seule.

Chapitre 6

Loucas *(coma)*

Je n'arrive pas à savoir si je suis dans un rêve ou si c'est la réalité qui me rattrape. Je suis assis dans l'avion qui doit m'emmener aux États-Unis. Je suis heureux, mais au moment où je tourne la tête pour profiter de cet instant avec *elle*, le siège est vide. Je n'ai jamais réussi à lui demander de tout quitter pour venir avec moi. Suis-je un égoïste de vouloir partager ce qu'il y a de mieux avec celle que j'aime ? *Celle que j'aime*, ces mots résonnent encore dans ma tête sans que je ne puisse les effacer. Je me souviens lui avoir dit ces trois mots puis j'ai raccroché. Pourquoi avoir fait ça ? Encore une fois, j'ai tout gâché, elle m'a demandé de rester et la seule chose dont j'ai été capable, c'est de lui dire au revoir. Est-ce qu'elle pourra me pardonner de l'avoir fait par téléphone, en étant déjà dans l'avion ?

Jusqu'ici, j'avais la sensation de vivre dans un rêve auprès de Jessie. Nous étions bien, nous avions enfin réussi à être heureux. Nous avions décidé de mettre notre orgueil de côté pour vivre une histoire ensemble. Mais il a fallu que je parte et que je mette de nouveau toute notre histoire en l'air ! Malgré le temps et—la distance, je n'arrive pas à me la sortir de la tête. Mais enfin, pourquoi m'obsède-t-elle autant ?

Je n'ai jamais réussi à retrouver en Victoria ce qu'il y avait en Jessica. Vic n'est qu'amusement, mais elle ne sera jamais quelque chose de sérieux. Je ne pense pas pouvoir construire quelque chose de solide avec elle. Mon cœur est bien trop attaché et *son* souvenir trop présent.

Soudain, une odeur que je reconnaîtrais entre mille me parvient. Suivie d'une voix, une intonation et ces mots : « Ne me fais pas faux bon ». C'est elle, j'en suis sûre. Elle est là, elle est venue me voir ! J'aimerais tellement la serrer dans mes bras, la regarder encore une fois, lui dire que tout ceci n'est qu'un tissu de mensonges et que je l'aime. Je veux qu'elle soit mienne. Oui, c'est ça, je dois lui demander de m'épouser.

« ÉPOUSE-MOI ! ÉPOUSE-MOI JESSIE ! »

Un chatouillement contre mon oreille, une caresse sur ma joue et plus rien. Le froid a remplacé la chaleur de sa peau. Trop tard, elle est partie. Je n'aurai plus l'occasion de lui avouer mes sentiments. Il m'a semblé avoir crié. Pourquoi ne m'a-t-elle pas entendu ? Elle ne ressent peut-être pas la même chose ? J'ai encore laissé ma chance passer...

Je tente par tous les moyens d'ouvrir les yeux, mais il n'y a rien à faire, la lumière est trop vive. Je tente par tous les moyens de la retenir, mais mes mains sont trop lourdes.

Pourquoi je n'arrive pas à bouger ?

Pourquoi je n'arrive pas à parler ?

Suis-je devenu paralysé ou bien ai-je perdu la faculté de parler ?

Pourtant, je ne dors pas puisque je les entends. Je suis bien éveillé, alors pourquoi ne les vois-je pas ?

Pourquoi parlent-ils tous comme si je n'étais pas là ?

Et où est Poutchi ? Où est mon chien ? Il le verrait lui s'il était là.

Chapitre 7

Jessica

Ce soir, il y a un match de football que Luke a voulu diffuser dans son bar. FC Nantes contre PSG pour un match de ligue 1. Le bar est complet et Luke et moi n'arrivons pas à suivre la cadence. Il a donc demandé à son pote Yann de venir nous donner un coup de main pour survivre à cette soirée foot. La salle est dans un état déplorable, entre les cadavres de bière et les restes de pizza tombés au sol. Et heureusement que Nantes a gagné 2 à 1, car quel aurait été l'état des clients s'ils avaient perdu ! Il est aux alentours d'une heure du matin lorsqu'enfin, le dernier client quitte l'établissement. J'aide Luke à ranger et à nettoyer la salle lorsque mon téléphone sonne, m'indiquant la réception d'un texto.

De : Emma
A : Jessica

« Il s'est réveillé !! »

Ce simple message me bouleverse et me redonne de l'énergie. Je m'excuse aussitôt auprès de Luke prétextant une urgence. Après tout, c'en est une, et je me rends le plus rapidement possible à l'hôpital. Une fois la porte d'entrée franchie, je ralentis le pas. Mais qu'est-ce que je suis en train de faire ? J'ai promis à Victoria de ne plus interférer dans leur relation et à la moindre occasion, j'y cours. J'hésite un instant, puis je me dis qu'il souhaiterait sûrement que je sois là. Je m'arrête à nouveau. Pourquoi le voudrait-il? On ne s'est pas croisés pendant presque un an et soudain, il demanderait à me voir ? Non, c'est trop gros et ça ne peut pas fonctionner, en plus il m'a peut-être déjà oubliée.

Je décide de faire demi-tour et de rentrer à la maison lorsque je me heurte à quelqu'un.

— Tiens Jessie, ça fait plaisir de te voir ici.

— Bonjour Sam.

— Tu viens voir mon frère ?

— Hum. Non je…. J'étais venue rendre visite à quelqu'un, mais je m'en vais maintenant.

— Tu sais qu'il s'est réveillé ?

— Oui je l'ai appris. C'est, heu. C'est super. Je suis très heureuse pour vous et pour Victoria.

Il me sonde un instant. Sam est le frère le plus proche de Loucas. Enfin, quand je dis le plus proche, ce n'est pas physiquement, car Sam est celui qui vit en Espagne. Mais Loucas me racontait souvent toutes les bêtises qu'ils avaient faites en duo. N'ayant que deux ans d'écart, on les surnommait « les inséparables ». C'est vrai qu'il a une personnalité que j'aime beaucoup aussi. On rigolait bien lorsque j'étais avec… Bref, passons.

– Bon eh bien je m'en vais. Encore très heureuse et heu..., non rien.

– Tu ne veux pas venir le voir, je sais que ça lui ferait très plaisir.

– Non, il ne vaut mieux pas. Enfin, je suis désolée, mais je, j'ai quelque chose à faire.

Je me détourne et une larme s'échappe.

– Jessica !

– ...

– C'est pour qui la boite de chocolat ?

Je regarde ce qui se trouve entre mes mains. J'avais complètement oublié que je l'avais.

– Tiens, je t'en fais cadeau.

– Merci, très aimable. J'espère te recroiser un de ces jours.

Je lui rends un sourire factice et sors de l'hôpital aussi vite que mes jambes me le permettent. Une fois dehors, je prends un grand bol d'air frais et laisse mes larmes couler autant qu'elles le peuvent. Je marche le long du fleuve en ressassant mon passé. Il faut que je parle à quelqu'un et au-

jourd'hui la seule personne à qui je pense
pour discuter de tout, c'est Antonin.

De : Jessica
 A : Antonin

« Es-tu disponible pour parler ? »

La réponse ne se fait pas tarder, il me répond dans la minute qui suit.

De : Antonin
 A : Jessica

« Ca fait déjà vingt minutes que j'attends
devant chez toi ! »

Un rire tonitruant me prend. Décidément,
il aura toujours une longueur d'avance sur
moi celui-là. C'est donc en moins de temps
qu'il n'en faut pour le dire que je me gare
devant chez moi. Antonin est adossé contre
le mur sous le porche, les mains dans les

poches et le regard fixé sur moi. Je me demande bien pourquoi il ne s'est jamais rien passé avec lui, car en le regardant mieux, c'est vrai qu'il est canon. Je chasse cette idée en secouant la tête, ce qui fait sourire Antonin. Arriverait-il à lire dans mes pensées ?

— Salut beauté.

Je me sens soudain rougir, ce qui le fait rire de plus belle.

— On peut savoir pourquoi tu es chez moi à trois heures du matin ?

— On peut savoir pourquoi tu m'envoies un texto pour parler à trois heures du matin ? renchérit-il, amusé.

— J'ai besoin de parler à quelqu'un.

— Je m'en suis douté lorsque j'ai reçu un appel d'Emma suivi d'un texto de Sam.

— Alors comme ça, je suis surveillée de partout si je comprends bien.

— C'est à peu près ça, mais tu peux aussi te dire que les gens t'aiment et s'inquiètent pour toi. Maintenant, j'espère bien que tu ne vas pas traîner à me faire entrer, car je commence à me les geler, ajoute-t-il.

Je souris de plus belle et exécute ses ordres. Je nous sers un café et je m'installe directement sous ma couette, lui dessus, comme on le fait chaque fois qu'une discussion longue s'annonce.

Chapitre 8

Loucas

Six semaines que je suis réveillé et *elle* n'est toujours pas venue me voir. Il faut que je me fasse une raison, ce n'était que le fruit de mon imagination. Jamais Jessica ne s'est déplacée.–En même temps, je me demande pourquoi elle l'aurait fait. Par pitié peut-être ou par compassion pour ma mère, avec qui elle s'entendait bien. Personne ne me dit rien donc je suppose que j'ai tout inventé, au gré des souvenirs qui remontent à la surface. Je me sens encore très fatigué, mais le médecin dit que c'est normal. A priori, maintenant que je suis réveillé, il n'y a plus aucun danger et je vais vite me rétablir.

En ce qui concerne la boxe, je dois faire une croix dessus. Pour l'instant, ma question principale est : puis-je toujours devenir entraîneur ? Cela fait maintenant dix minutes que j'attends la réponse du docteur Martinez, qui prend un malin plaisir à me faire attendre.

— Oui c'est envisageable, si tu fais vraiment attention à ne pas prendre de coups trop brutaux. Tu n'es plus aussi vaillant qu'avant.

En tout cas, il y en a au moins une ici qui est ravie de cette nouvelle et surtout de mon rétablissement. Bizarrement, sa présence ne me fait ni chaud ni froid. Je suis affreux de dire ça..., Vic a toujours été là pour moi et je ne lui ai jamais rendu justice.

— Poutchi, comment va-t-il ?

Victoria grimace et au moment où elle s'apprête à répondre, Emma et Estéban entrent dans la chambre.

— Salut, vieux paresseux, commence Estéban.
— Salut vous deux.

– Tu nous as fait une belle frayeur, tu
sais ?

– Il paraît, oui.

– Comment tu te sens ?

– Encore un peu chamboulé mais ça va.
Le médecin dit que j'ai de la chance et que
tout est en ordre. Et vous ?

– Génial, la vie à deux est juste sublime,
s'extasie Estéban, avant de se prendre un
coup de coude de sa partenaire.

Victoria baisse la tête. Je comprends le
malaise qui s'installe puisque je ne laisse
pas Victoria poser ses valises chez moi.

– Quand est-ce qu'il peut sortir, Docteur ?

– Si tout va bien, d'ici une semaine ou
deux.

– Déjà ? Mais n'est-ce pas un peu préci-
pité, s'enquiert Vic.

– Tu ne veux pas que nous retournions à
la maison tous les trois ? je demande perplexe.

– Si, bien sûr que si. Il faut juste que
j'arrange certaines choses avant ton retour,
répond-elle nerveusement.

– Victoria, que se passe-t-il ?

– Rien. Tout va bien. Je... Je suis juste très heureuse que tu ailles bien.

– Allez, viens là.

En la prenant dans mes bras, je me rends compte que mes sentiments à son égard n'ont pas changé. Je ne ressens pas cette intensité que j'ai lorsque je m'approche de...

– Loucas ! Loucas !

– Hein, heu oui ?

– Le docteur te demande si tu n'as pas mal à la tête.

– Heu non, je ne crois pas.

– Au moindre signe, vous venez me voir. C'est compris ?

– Oui Docteur.

– Bon je vous laisse. Je repasserai plus tard.

– Merci Docteur.

Le docteur sorti, je me tourne vers Victoria.

– Vic, chérie. Tu veux bien aller me chercher un café s'il te plait ?

D'abord étonnée, elle me regarde puis Emma et je crois qu'elle comprend ce que je veux. Elle sourit faiblement et sort de la chambre un peu tristement.

— Elle me fait de la peine, intervient Estéban, une fois la porte fermée.

— Comment va-t-*elle* ?

Emma prend une grande inspiration et souffle comme pour réfléchir à ce qu'elle va me répondre.

— Ça va. Je crois.

— Comment ça tu crois ?

— Loucas, tu la connais comme nous tous. Elle ne dévoile pas ses émotions comme ça.

— Elle est au courant de ce qui m'est arrivé ?

— Oui, nous le lui avons dit, commence Estéban.

— Elle est venue te voir presque tous les jours après ça.

— Elle est venue, tu dis ? demandé-je interloqué.

— Oui, lorsque Vic le lui accordait, elle passait.

C'était donc vrai. C'est bien sa présence que j'ai perçue. C'était bien sa voix et son odeur que je sentais.

— D'ailleurs, c'est elle qui a récupéré Poutchi, termine Emma.

Je la regarde ne comprenant pas ce qu'elle dit.

— Victoria ne te l'a pas dit ?
— Non, elle ne m'a rien dit du tout. Je pensais qu'il était à la maison ou chez ma mère quand Vic ne pouvait pas le garder.
— Loucas, ...
— Je vous écoute. Que se passe-t-il ?
— Victoria n'a jamais gardé Poutchi ! annonce de but en blanc Estéban. Dès qu'elle a compris que tu serais à l'hôpital pour un moment, elle l'a emmené chez ta mère sans rien lui demander.

En même temps, je crois que je m'en doutais un peu, car Victoria n'a jamais vraiment aimé les animaux. J'imagine que garder un chien, c'était trop pour elle !

— Vous savez si elle va venir me voir bientôt ?

Les deux amoureux se regardent et un certain malaise s'installe avant que je ne les interroge de nouveau.

– Elle ne viendra pas te voir, Loucas.

Un coup se fait sentir dans ma poitrine.

– Je comprends.

En fait, non, je ne comprends pas. Pourquoi reste-t-elle à mon chevet et lorsqu'enfin, je me réveille, elle ne vient pas ? Ce n'est pas logique ! Pourquoi me fait-elle subir cela ? Ne souffre-t-elle pas aussi de cette situation ? Je ne lui manque pas autant qu'elle me manque ?

Le médecin m'a enfin laissé sortir et j'en suis ravi ! Ce n'est pas que nous ne mangeons pas bien à l'hôpital, mais la cuisine maison me manque et j'ai hâte de pouvoir sortir en toute liberté, reprendre ma vie. J'ai juré de faire attention et je compte bien tenir ma promesse. La première chose à faire désormais est de récupérer mon chien. Jessica m'a laissé un message pour me dire qu'elle travaillait ce matin et donc que Poutchi était avec elle au bar. Emma a dû lui dire que je sortais aujourd'hui. Elle m'a assuré de ne pas m'inquiéter pour lui et qu'il fallait que je prenne le temps de me reposer, avant de le récupérer. Il n'y avait pas d'urgence, mais je suis tellement pressé de le voir que je souhaite y aller de suite. Pas seulement pour mon chien d'ailleurs...

Je me rends donc immédiatement au bar. Pour ne pas me fatiguer trop vite, c'est Victoria qui est venue me chercher et qui conduit. Nous nous garons sur le petit parking situé sur la gauche du bâtiment. Je ne me l'imaginais pas vraiment comme ça. C'est un bar restaurant très simple. Il n'est pas miteux, mais ce n'est pas un palace non plus.

– Tu peux m'attendre dans la voiture ? demandé-je à Victoria en enlevant ma ceinture.
– Mais...

– S'il te plait, insisté-je.

– Très bien, souffle-t-elle.

– Merci. Je fais vite, je réponds en lui embrassant la joue.

Je sors de la voiture et me dirige vers l'établissement. L'intérieur est un mélange de rustique et d'industriel. Les tables en métal noir sont installées de part et d'autres de la salle, afin de laisser un peu de tranquillité aux clients. Le bar en bois brut trône au milieu, laissant les bouteilles visibles de chaque côté. Un grand miroir teinté de lumière bleue sépare la partie privée du bar. Je me retrouve soudain sur les fesses, poussé par un élan joyeux.

– Ah te voilà mon Poutchi ! Tu m'as tellement manqué mon chien.

Mon ami à quatre pattes me fait littéralement la fête et me lèche le visage de sa langue rêche. Il remue la queue de joie et ne me laisse pas le temps de me relever. Lorsqu'enfin, Poutchi finit de me saluer et qu'il me laisse me relever, je croise le regard bienveillant de Jessica.

– Bonjour Jessica.

– Salut Loucas.

– Merci d'avoir pris soin de lui.

– Ce n'est rien. Tu sais bien que j'adore ton chien et que je ne peux rien refuser à ta mère, sourit-elle.

– C'est exact, en effet. Elle peut se montrer très persuasive quand elle le souhaite.

Un silence s'installe. Ce n'est pas un de ces silences gênants, c'est plutôt comme des non-dits qui tenteraient de se dévoiler, mais que personne n'ose dire à voix haute.

– Est-ce que tu veux...

– C'est donc ici que tu...

Nous avons sorti notre phrase en même temps, poussés par la même envie de briser ce silence.

– Tu veux boire quelque chose ?

– Je te remercie mais Victoria m'attend dans la voiture.

– Je comprends.

– D'ailleurs, on m'a dit que tu étais venue me voir à l'hôpital et que tu y avais passé beaucoup de temps.

Elle hausse les sourcils de surprise. Mieux vaut que je garde pour moi la vraie identité de ma confidente.

– C'est exact.
– Je le savais. J'ai senti ta présence. Pourquoi n'es-tu pas venue lorsque je me suis réveillé ?
– Je..., ce n'était pas ma place.

Je me rapproche lentement d'elle, mais elle se réfugie derrière le comptoir.

– Pourquoi ?

Elle hésite.

– C'est Victoria qui doit rester près de toi désormais, et je lui ai promis de ne pas revenir dans ta vie.
– Sauf que pour moi, tu n'es jamais partie. Jessy, je...
– C'est Jessica maintenant, me reprend-elle.
– Excuse-moi, l'habitude. Jessica, tu me manques.

Elle ne me répond rien, mais je vois bien qu'à son regard, je l'ai troublée. Je tente une dernière approche, mais elle s'y refuse.

– Est-ce qu'au moins, on pourrait se voir de temps en temps ? En tant qu'amis bien sûr, je tente.

– Loucas, ce n'est pas une bonne idée.

– Pourquoi ?

Des larmes commencent à monter dans ses yeux et sa lèvre inférieure tremble. Je n'aime pas la voir comme ça, mais c'est le seul moyen qu'elle exprime ses sentiments. J'ai besoin qu'elle me les dise à voix haute.

Le choc vient juste après, au moment où je la vois serrer les poings et refouler ses larmes.

– Je suis désolée Loucas, et je ne voulais pas que tu l'apprennes comme ça, mais nous deux c'est bel et bien terminé. Jamais on ne se remettra ensemble, j'ai rencontré quelqu'un d'autre.

– Je ne te crois pas, contré-je.

– Tant pis pour toi. Maintenant, si tu veux bien me laisser, j'ai du travail.

Je la fixe encore un peu et ne voyant rien dans son comportement qui puisse la trahir, je dois me résoudre au fait qu'elle dit bien la vérité.

– Très bien, je te laisse. Encore merci pour Poutchi.
– Il n'y a pas de quoi.

Puis, elle se baisse et embrasse mon chien sur la tête en lui murmurant quelque chose que je ne comprends pas. Elle ajoute un peu plus fort cette fois.

– Salut mon loulou. Prends bien soin de toi et de ton maître.
– Tu pourras toujours venir le voir quand tu veux.
– Merci mais il vaut mieux qu'il se fasse à l'idée de ne plus me voir.

Je me gifle intérieurement pour déguerpir de cet établissement car mes jambes n'ont pas l'air de vouloir obéir.

– Prends soin de toi Jessica.
– Toi aussi Loucas.

Je ramasse les affaires de Poutchi et sors du bar, non sans avoir tourné la tête une dernière fois vers la fille qui m'est refusée, une nouvelle fois.

Chapitre 9

Jessica

Il était temps que Loucas s'en aille, car je commençais à ne plus pouvoir retenir mes larmes. Pourquoi a-t-il fallu qu'il vienne jusqu'ici avec elle ? Et pourquoi a-t-il fallu qu'il m'avoue ses sentiments ? J'étais à deux doigts de lui dire ce que je ressentais, mais je n'en ai pas le droit. Je ne peux pas agir comme une égoïste sans penser au malheur que je ferais sur mon passage. J'ai fait une promesse à Victoria, celle de ne pas interférer dans leur relation. Je compte bien tenir ma parole.

Nous avons décidé de fermer le bar avec Luke, car de toute façon, il n'y a personne. Luke range la caisse pendant que j'éteins les lumières.

– Tu veux que je te raccompagne ?

– Non merci Luke. C'est très gentil, mais je vais marcher un peu.

– Tout va bien ?

– Mmh, mmh. T'en fais pas pour moi, ça va.

– Qui était l'homme tout à l'heure ?

– Personne en particulier. Un ancien ami.

– Il m'a semblé qu'il paraissait plus que ça.

Je tourne la tête vers lui et le surprends à sourire, tel un homme en recherche de commérage. Il me fait un clin d'œil comme pour me dire qu'il a bien compris.

– Tu veux en parler ?

– Pas la peine, il n'y a rien à dire.

– Tu en es sûre ?

– Tout à fait. Bon excuse-moi, mais je vais y aller maintenant.

– N'hésite pas, tu sais que je suis là si tu as besoin.

– Je sais Luke, merci. À demain.

Je pars, ne lui laissant pas le temps de répliquer. Je passe déposer mes affaires à la maison et décide finalement d'aller courir un peu au bord de la mer. Cela fait très longtemps que je n'y suis pas allée et je sens que ça va me faire du bien.

Il n'y a pas grand monde sur la plage, alors qu'il fait super beau pour une fin avril. Je ne m'attarde pas plus sur le sable et pars en direction du phare situé un peu plus loin. Je suis habituée à me cacher dans la petite crique se trouvant en contrebas, mais quelqu'un d'autre m'a devancée. Ou peut-être me cherchait-t-il ?

— Salut ! Que fais-tu par ici ?
— Salut Jessica. Je me balade.
— Curieuse coïncidence. Tu ne viens jamais par ici, que je sache !
— Les habitudes changent Jessica.
— Ben voyons, tu m'en diras tant. Je suppose que si tu es là, c'est que tu me cherchais !
— N'ai-je donc plus le droit de me promener au bord de la mer, dans un endroit aussi beau ? se plaint-il.
— Antonin, je te connais trop. Lequel des deux ?

– Bon okay, j'ai vu Luke. Il est passé, mais…

– C'est incroyable ! le coupé-je. Vous ne pouvez pas vous mêler de vos affaires ?

– On s'inquiète pour toi.

– Il n'y a pas de quoi. Tout va bien ! Nous avons mis les choses au clair. Maintenant, nous allons faire notre vie chacun de notre côté.

– Est-ce que cela te convient réellement ?

– Qu'est-ce que ça peut changer ?

– Tout, au contraire. Tu sais très bien qu'il tient encore à toi.

– Mais je ne peux pas être avec lui ! Il faut que j'arrête d'être égoïste et de me voiler la face. Il a Victoria maintenant et je ne peux pas lui faire cela. Toute ma vie, j'ai été égoïste. Regarde où cela m'a menée ?

– Que veux-tu dire ?

– Rien d'important.

Je baisse les épaules et mes jambes se dérobent. Je croule sous le poids de la culpabilité. Antonin s'approche de moi et m'enlace doucement.

– Jessica, laisse-nous t'aider.

– Je ne veux pas que l'on m'aide. Je veux qu'on me laisse faire mes propres choix, même si ce sont des erreurs.

– Pourquoi te laisser te planter alors que nous avons la solution pour t'aider.

– Il n'y a aucune solution cette fois-ci. Depuis le début, tout nous sépare. C'était écrit : nous n'avons pas le droit d'être ensemble. La preuve, j'ai tout fait pour rester avec lui et mes parents sont morts. Ensuite, il est parti. Il m'a laissée, Antonin.

– Je sais ma puce. Je sais.

– Alors, arrêtez de mettre la faute sur moi. C'est lui qui m'a quittée, pas l'inverse ! Je ne fais que suivre les conséquences de son acte.

Chapitre 10

Loucas

Presque deux mois sans avoir eu de ses nouvelles, même Emma et Estéban s'y mettent. Ma seule alliée dans toute cette histoire reste encore Ariane, de temps en temps, qui m'envoie de ses nouvelles. Il faut dire que je la harcèle de SMS, car je m'inquiète beaucoup pour Jessica. Antonin m'a avoué qu'elle n'était pas dans ses beaux jours.

Nous avons décidé d'en rester là avec Victoria, puisque de toute façon, ça ne collait plus entre nous. Enfin moi surtout. Ce changement de situation n'a rien changé pour Jessica. Elle ne veut toujours pas me revoir et pourtant, moi, je le souhaite de tout cœur ! Elle est aussi têtue qu'une mule, mais que voulez-vous, je l'aime pour ce caractère.

Je suis officiellement devenu entraîneur. Ce qui me fait surtout stresser, c'est l'endroit où je vais travailler. Étant en manque de professionnels dans la région et n'ayant aucune candidature, le centre me demande d'entraîner les jeunes de Nantes. Je n'arrive toujours pas à savoir si c'est une bonne ou une mauvaise chose. Je vais devoir rester dans le coin. Je la croiserai donc sûrement et ça, je ne sais pas comment elle va le prendre. Je dois tout faire pour qu'elle retombe amoureuse de moi. Il faut que je fasse remonter ses sentiments, que je la séduise à nouveau. Je ne peux pas me passer d'elle. Je n'ai jamais pu d'ailleurs, car elle est toujours restée au fond de mon cœur.

– Allez, on continue.

J'ai l'impression de me revoir à mes débuts. Ces jeunes sont aussi maladroits que moi lorsque j'ai commencé. Pourtant, et cela se vérifie surtout pour certains, ils en veulent. Je pense avoir deux ou trois recrues qui, selon moi, peuvent aller très loin.

Nous sommes encore en plein entraînement lorsqu'un groupe de jeunes garçons entrent dans la salle. Je les connais bien maintenant puisqu'ils traînent souvent dans le coin. Je n'aime pas trop qu'ils viennent à la salle, mais d'un autre côté, je préfère les savoir ici qu'à dealer dans la rue.

— Regardez-moi c'te bande de mauviettes ! ricane l'un d'eux.
— Ouais, vous avez vu ça. Ils se prennent tous pour des gros durs !

J'arrête l'entraînement sur lequel je suis. Je demande à Chris de rester sur le ring. L'autre boxeur descend, puis je me tourne vers les garçons.

— Dites-moi les jeunes. Et si vous nous montriez ce que vous savez faire ?

Les cinq garçons se mettent à rire si fort que toutes les personnes se trouvant dans la salle s'arrêtent pour les regarder.

– Non mais vous avez entendu ce vieux machin ? Comme si on allait monter sur votre truc en cage. Nous, nos combats on les faits dans la rue, à la dure.

– Tu m'as l'air d'avoir la langue bien pendue toi. Comment tu t'appelles ?

Le jeune homme sourit et regarde ses copains. Ils commencent tous à jouer un rythme avec leurs bouches, propre au beatboxing et le garçon enchaîne avec du rap.

– Moi, c'est Marco et je viens du ghetto. Pépère n'en fais pas trop, sinon j'te mettrai K.O. Vous vous croyez supérieur avec vos grands airs rieurs, mais les gars, méfiez-vous car on sera toujours derrière vous. Méfiez-vous, barrez-vous avant d'y rester, car ici les flics débarquent sans y être invités. Vous voulez nous aider, mais commencez par quitter notre quartier. Ici y'a qu'du chômage et de la Cam à tous les étages...

– C'est bon, merci, je crois qu'on a compris. Merci pour cette belle interprétation, mais ce n'est pas ce que je te demandais. Donc Marco, je t'en prie, monte sur le ring. Allez, n'aie pas peur, on ne va pas te manger.

– Mais d'où j'ai peur ? T'as craqué ton slip toi ou quoi ?

– Au moins, je dois avouer que vous avez le rythme dans la peau.

– Bah ouais, qu'est-ce tu crois ? On n'est pas des blancs-becs, comme toi. Ici il n'y a que le rap pour s'occuper.

– Tu oublies la boxe.

– Pfff, laisse-moi rire, c'est un sport de fillettes.

– Très bien, alors laisse-moi te montrer ce dont nous, nous sommes capables.

– Et j'y gagne quoi dans l'histoire moi ? renchérit Marco.

– Vous êtes bien des jeunes ! Toujours à vouloir une récompense ou une justification à ce que vous faites. Je te propose qu'on se fasse une petite manche. Si je gagne, vous venez ici au moins deux fois par semaine pour suivre l'entraînement.

– Okay et si c'est moi qui gagne ?

– Vous pourrez continuer à venir et vous foutre de mes élèves. Je vous laisserai tranquilles.

Marco regarde ses copains et jette un coup d'œil à la salle.

– J'veux un aménagement pour moi et mes potes au fond là-bas, pour traîner lorsqu'on ne veut pas rester dehors.

– Accordé. On y va ?

– Parce que c'est lui que je dois foutre au tapis ?

– Je ne suis qu'entraîneur.

– Sauf que c'est contre toi que j'veux me battre.

– Impossible, je ne boxe pas.

Marco me lance un défi du regard, mais je ne peux pas, pas après ce qui s'est passé.

– Bah c'est dommage, car c'est avec toi que je traite. T'es qu'un dégonflé !

– Très bien, je boxerai contre toi.

Chris descend du ring, après m'avoir demandé si j'étais sûr de mon coup. Je lui assure que oui et il exécute mon ordre. Nous nous mettons en place. J'entends encore la voix du médecin avant ma sortie de l'hôpital.

« Fais attention à ne pas prendre de coups trop brutaux. Tu n'es plus aussi vaillant qu'avant. »

Tu vas voir si je ne suis plus aussi vaillant ! Je ne suis pas si vieux que cela et j'ai été un très grand boxeur, je suis sûr que je peux battre ce petit merdeux.

C'est Paul qui fait office d'arbitre et c'est donc lui qui donne le signal.

– Prêts ? Combattez.

Marco est le premier à attaquer avec une simple droite. Il faudra que je commence tout d'abord par lui apprendre le maintien, s'il veut bien participer à mes entraînements. J'attaque avec un jab qu'il se prend à l'arcade. Ce coup le fait reculer d'un pas et j'en profite pour croiser coup droit et crochet gauche. Mes attaques l'atteignent et je constate que notre échange commence à intéresser du monde. Les entraînements cessent et une masse de jeunes se rassemble autour du ring. Marco perd peu à peu son sourire, mais ne flanche pas. C'est bien, il a la niaque et c'est ce qu'il faut pour devenir un bon boxeur.

– Ne crois pas que tu vas t'en sortir aussi facilement.

— Je ne crois rien tant que je n'ai pas terminé le match.

— Tu crois que tu vas me battre, mais tu frappes comme une mauviette.

— Ne parle pas trop vite petit. Tu as encore beaucoup de choses à apprendre. Ici, on ne se bat pas comme dans la rue. Ici, c'est de la boxe, de la vraie. Pas de la bastonnade !

— Tu vas me le payer ! lance-t-il furieux avant d'attaquer par un crochet, suivi d'un jeu de jambes.

— Tout doux, la boxe ne se fait pas avec les jambes mais uniquement avec ses mains.

— Je m'en fous, j'veux juste te mettre K.O.

— Bon, fini de jouer.

Je lui lance une droite, suivie d'un crochet. Je le bloque ensuite contre les cordes. Il se défend bien, mais pas de la bonne façon. Ses copains commencent à hurler de le lâcher. Les esprits s'échauffent. Paul me fait signe de reculer et je l'écoute, mais au moment où je m'éloigne Marco en profite pour me jeter un crochet du gauche. Une puissance suffisante pour m'étourdir un instant. Flûte, erreur de débutant : toujours se mettre en garde !

Ce jeu commence à durer et je dois dire que je ne suis plus habitué à rester aussi longtemps sur un ring. Je faiblis et cela se ressent dans mes attaques. J'ai beau tenter, mes attaques ne l'atteignent pas et moi, je prends cher.

– Alors vieux papi, on n'y arrive plus ?
– T'en fais pas pour moi, je tiens le choc.

Marco redouble d'efforts et ça paye. Il enchaîne les coups qui arrivent pile au bon endroit. Je ne sais plus comment me sortir de ce pétrin. Il est plus jeune et donc plus fort, mais je ne me laisserai pas intimider. J'encaisse les coups les uns après les autres, tout en me protégeant un maximum. Au moment où ses coups faibliront, ce sera à moi d'attaquer.

Ca y est, c'est le moment, j'attaque de toutes mes forces. Pourtant, Marco encaisse mieux que je ne le pensais. Il est si agile qu'il esquive mes attaques facilement. Je ne connais pas encore l'issue du combat, mais une chose est sûre, je ne lâcherai rien. La réputation de cette salle est en jeu, et la mienne en tant qu'entraîneur aussi.

Chapitre 11

C'est finalement Marco qui a remporté ce combat. Je n'en reviens pas d'avoir perdu face à un jeune débutant sans aucune technique. Une parole est une parole, donc je lui promets d'aménager un espace afin qu'ils viennent traîner ici lorsqu'ils le souhaitent.

— Merci pour ce combat. Tu es doué.

— Ouais, c'est ça !

— Si, je te le jure. Tu ferais une bonne recrue si tu le voulais bien. Tu as de la force et de l'agilité. C'est quelque chose de primordial pour devenir un grand boxeur.

— Vous êtes sérieux ?

— Bien sûr. Pourquoi je te mentirais ?

– Vous vous battez bien aussi, ... pour un vieux papi, ajoute-t-il hilare.

– N'hésite pas, si un jour, l'un de vous veut se lancer, la porte est toujours ouverte.

– Ouais, ouais, c'est ça. Allez, venez les gars, on se casse.

– Ou ne serait-ce qu'une revanche avec le vieux papi, je lance avant qu'il ne referme la porte.

Je les entends ricaner avant que la porte ne se referme, mais j'ai bien vu cette lueur au fond de ses yeux. Cette envie de gagner à tout prix. Certains gars m'acclament comme pour me faire comprendre que je n'ai pas tout perdu, mais bon sang, ce que ce combat m'a éreinté ! Je laisse ceux qui le souhaitent s'entraîner encore quelques instants puis, je quitte la salle.

Nous sommes sur la plage avec Poutchi lorsque je me fais interpeller par une voix féminine.

– Alors beau brun, on se balade ?

Un sourire étire mes lèvres lorsque je reconnais cette voix.

— Et vous jolie blonde, que faites-vous par ici ?

— Je me promène et j'espérais bien tomber sur toi.

— J'adore entendre ça !

Nous nous étreignons pour nous saluer et marchons côte à côte le long de la mer, Poutchi faisant le fou dans les vagues.

— Que me vaut ce plaisir ?

— Une invitation non officielle.

Je la regarde, surprise.

— Une invitation à quoi ?

— Un anniversaire.

Je ne réfléchis pas bien longtemps puisque je sais très bien quel jour nous sommes.

— Tu en es sûre ?

— Pourquoi ? Pas toi ?

— Pas vraiment non.

— Mais si, tu vas voir, c'est une bonne idée.

— Bon, je te fais confiance.

— Ne t'inquiète pas, j'ai tout prévu.

Elle me raconte comment va se dérouler la soirée ainsi que l'ouverture des cadeaux. Ce n'est pas tous les jours qu'on a trente ans, alors il faut marquer le coup. Elle a trouvé le lieu idéal : une boîte de nuit avec possibilité de réserver l'étage pour soirée privatisée. De quoi profiter du son en étant entre amis, sans être dérangés par des lourdauds venus se taper l'incruste pour boire gratuitement.

— Pourquoi tu fais ça ?

— Parce que je veux votre bonheur, à tous les deux.

— Mais je ne comprends pas pourquoi. Ariane, il y a quelque chose que tu ne me dis pas ?

— Non, rien du tout. Tu sais Loucas, je crois n'avoir jamais vu Jessica aussi malheureuse que depuis que vous ne vous voyez plus.

— À ce point-là ?

— Oui à ce point-là. Elle ne sort plus ou juste pour aller travailler. Parfois, elle va sur cette maudite plage et elle passe son temps à contempler l'horizon. Même nous, nous devons la forcer pour qu'elle daigne venir en soirée. Elle s'est renfermée et n'affiche plus aucune émotion.

— Ce n'est pas forcément de ma faute, tu sais ?

— Oui je le sais très bien, je pense que c'est un tout. Tout ce qui s'est passé ces deux dernières années l'a beaucoup affectée. De plus, je crois qu'elle a perdu confiance en elle.

— Pourquoi dis-tu cela ?

— Au bar, elle a tendance à se faire un peu draguer et ça ne lui fait ni chaud ni froid. Elle regarde les gars d'un air blasé et leur fait comprendre qu'elle n'est pas intéressée. En plus, je crois que Luke l'aime vraiment bien. Mais comme il la voit tous les jours et a tellement de compassion pour elle, il ne tentera jamais rien.

— Et Will ? je risque en serrant les poings.

— Ah Will, si seulement elle pouvait arrêter de le voir. Il croit encore qu'une histoire est possible entre eux, mais je ne connais pas vraiment la nature de leur relation. Ils se voient de temps en temps et couchent même...

Elle s'arrête net réalisant à qui elle parlait.

— Désolée, je suis allée un peu trop loin là.

— Ne t'en fais pas pour moi. Je m'en doutais bien de toute manière.

— Bref, je ne la reconnais plus mais je sais qu'elle éprouve encore quelque chose pour toi.

— Je n'en serais pas aussi sûre à ta place. Elle m'a quand même dit en face, en me regardant droit dans les yeux, qu'il n'y avait et n'y aura plus rien.

— Sottises, elle se ment à elle-même.

— Et si c'était toi qui te mens à toi-même et qui ne veux pas voir la vérité en face ?

Ariane commence à avoir les larmes aux yeux et la lèvre inférieure qui tremble. Quand je la vois comme ça, elle me fait penser à une petite fille qui aurait perdu son doudou. Elle ressemble tellement à sa sœur, ça me serre le cœur de la voir comme ça.

– Alors, c'est que la vie est vraiment injuste avec les personnes qui ne le méritent pas.

– Je sais Ariane, je sais.

Chapitre 12

Jessica

Matthew est venu me tirer du lit de bonne heure ce matin, car môsieur avait une terrible envie de courir. Je crois surtout que c'est le seul prétexte qu'il a trouvé pour venir discuter avec moi. Je le vois moins depuis que Marissa est enceinte, car il est aux petits soins pour elle.

— Alors, comment tu vas ?

— Je vais bien Matthew. Il faut que vous arrêtiez de vous inquiéter pour moi. Tout va bien. Donne-moi plutôt des nouvelles de Marissa. Comment va-t-elle ?

— Ça va. Elle a de plus en plus de contractions, mais elle me dit qu'elle arrive à les supporter pour le moment.

– Le terme est pour quand ?

– Dans un mois, à peu près.

– Pressé ?

– Oui et non. J'aime bien notre petit duo tranquille. Il va falloir que je la partage et je n'ai pas trop envie.

– C'est bien les mecs ça ! affirmé-je, levant les yeux au ciel.

– Quoi, c'est vrai. Je ne comprends pas pourquoi, vous les femmes, vous voulez absolument faire des enfants si vite. À peine en couple et installés que déjà, vous pensez à votre horloge biologique.

– C'est justement parce qu'on en a une plus fragile que vous, je te rappelle. C'est vrai qu'en tant que mec, c'est tellement difficile à supporter de partager sa nana avec sa progéniture. Des couches, moins de sommeil, moins de sexe, plus de cris, sans compter tous les câlins, le bonheur, les bisous, les premiers pas, les premiers mots, et j'en passe. Non mais je te comprends, c'est tellement ennuyeux un enfant !

– Tu m'a l'air bien calée sur le sujet, s'amuse-t-il.

– J'ai eu une petite sœur, je te rappelle.

– J'ai la trouille Jess.

– De quoi ?

– De la nouvelle organisation qu'il va falloir penser, que Marissa s'éloigne, de ne plus avoir de temps pour nous. Bref, tout un tas de broutilles quoi.

– Ah oui, je vois ça en effet. Ne t'en fais pas, vous allez y arriver et puis on est là nous. Vous pourrez toujours compter sur nous si vous avez besoin d'une soirée pour vous retrouver.

– Je te remercie Jess.

– Bon, si on s'y remettait pour de bon cette fois ?

– Je te suis ma puce.

On se remet à courir sur le sable et profitons encore des instants que le soleil nous donne et du calme avant que les vacanciers ne débarquent.

Puis, nous rentrons chez moi avec des pics de sprint. Je me dois de constater que ça me fait du bien. Matthew reste encore un peu et nous discutons de choses et d'autres autour d'un café.

– Est-ce que vous pensez venir faire un tour à la soirée de samedi soir ?

– Tu me poses sérieusement la question, là ?

– Je demande plus pour Marissa, je réponds avec un clin d'œil.

– Compte sur nous pour fêter ce nouveau cap avec toi ma puce ! On ne va peut-être pas rester longtemps, mais une chose est sûre, c'est qu'on ne manquerait ça pour rien au monde.

Chapitre 13

Ariane a magnifiquement préparé cette soirée et a choisi les meilleurs invités qui soient. Nous devons donc être une douzaine de personnes. Elle a fait privatiser la mezzanine du club « The Sun », proche des bords de Loire. La boîte est constituée de deux parties : une première au rez-de-chaussée, pouvant accueillir jusqu'à mille personnes. Une grande piste de danse trône au milieu de canapés confortables. Elle fait face au bar coloré, entouré par quatre barres de pole dance et de deux cages, pour les danseurs les plus inspirés.

La mezzanine, quant à elle, a un côté plus cosy. Ses espaces agrémentés de banquettes, offrent ainsi une intimité aux invités venus principalement profiter de l'ambiance en toute tranquillité.

Notre troupe s'est rapidement divisée en petits groupes, de manière à avoir un peu plus de calme et discuter ensemble. Certains ont commencé à se déhancher sur la musique et d'autres profitent simplement de l'ambiance, assis sur un fauteuil à siroter leur verre. Nous avons simplement demandé à notre serveur attitré de vérifier qu'il y a bien toujours une bouteille sur la table. Nous lui règlerons la totalité à la fin de la soirée. Ma sœur étant naturellement douée pour l'organisation, on peut ainsi profiter de la soirée, sans avoir à se préoccuper de qui boit quoi. Ainsi, nous avons voté pour quelque chose de sobre en choisissant leur punch actuel, sans oublier le sans alcool pour ceux qui le souhaitent. Nous ne sommes pas là pour nous enivrer rapidement, mais pour profiter d'une bonne soirée entre amis. Et si certains veulent boire autre chose, ils peuvent toujours se rendre au bar et commander leur boisson.

Vient l'ouverture des cadeaux et des traditionnelles babioles que l'on offre pour les trente ans d'une personne. Mes amis me connaissant par cœur, ils sont partis sur quelque chose de soft. Ainsi, j'ai reçu une tenue complète comprenant LE tee-shirt avec l'inscription « cette fille a trente ans », le chapeau, l'écharpe et, carrément, les chaussettes ! Ma sœur m'a offert un joli bracelet, sur lequel je peux rajouter les breloques que je souhaite suivant mes humeurs et mes défis. De la part de Matthew et Marissa, j'ai reçu une jolie lampe qui trouvera directement sa place à côté de mon sofa. Antonin, qui est aussi de la partie, a opté pour quelque chose de plus simple et tout aussi original : une carte cadeau dans un institut de beauté. Le tout sans compter les paniers garnis, un nouveau punching-ball au cas où je souhaiterais me remettre à la boxe (merci Emma), des fleurs, de la déco pour mon appart... Il faut dire que, depuis mon déménagement, je n'y ai pas trop porté attention. En bref, j'ai été gâtée.

Je trouve Ariane bien trop excitée par cette soirée et j'ai la sensation qu'elle me prépare quelque chose. Je n'arrive pas à lui faire décrocher le moindre indice, même Tom ne veut rien me dire. Je décide de laisser tomber jusqu'à ce que l'alcool et l'ambiance me fassent complètement oublier cette histoire. Les filles décident qu'il est temps de descendre un peu dans la foule, histoire de se déhancher sur la piste. Certains suivent pendant que d'autres préfèrent rester dans notre coin VIP, pour profiter plus simplement des quelques notes ou pour improviser une partie de rami.

C'est donc avec Emma, Océane, Antonin, Estéban, Marissa et Gabrielle que je descends me déhancher. Ariane et Matthew nous surveillent, ce dernier aurait préféré que sa compagne reste tranquille afin de ne pas trop se fatiguer. La musique démarre sur un air de David Guetta, histoire de bien nous mettre dans l'ambiance.

Affublée de mon écharpe de jeune trentenaire, je me fais déjà remarquer par un groupe de mecs, visiblement plus avancés que nous concernant le niveau d'alcoolémie. Enfin, c'est ce que je pensais avant de me voir me déhancher contre l'un d'eux. Devenant bien trop entreprenants pour moi, An-

tonin vient à ma rescousse et me garde
sous sa protection, afin de faire comprendre
aux lourdauds que je ne suis pas une fille à
prendre. En tout cas, pas dans cet état.

Plus les heures passent et plus la musique devient enivrante, presque sensuelle
sur certains titres. Certaines de mes amis
ont déserté la piste, mais Ariane est venue
me rejoindre entre temps. Elle est collée à
son mec et lui fait sa plus belle danse. Je ne
sais comment nous nous sommes retrou-
vées là avec Emma, mais nous nous déhan-
chons désormais toutes les deux autour
d'une des barres de pole dance, offrant sûrement le meilleur show qui soit à ces messieurs en manque de sexe.

Je me laisse bercer par cette musique,
qui me fait complètement oublier qui je suis
et où je me trouve. Soudain, j'ai l'étrange
sensation que quelqu'un me fixe. Je tourne
la tête dans tous les sens et arrive enfin à
distinguer une silhouette, dans la pénombre
de l'entrée. Le temps de cligner des yeux, la
silhouette a disparu. Pensant avoir rêvé, je
me remets à danser avec Emma.

Plus tard, nous sommes priées de descendre du podium pour laisser place à celles et ceux qui souhaitent également en profiter. C'est en explosant de rire que nous descendons et continuons malgré tout de nous déhancher sur la piste parmi les autres fêtards. Un frôlement se faire sentir derrière moi et immédiatement une ligne de frisson me parcours. Je me retourne vivement, mais croise uniquement le regard d'Ariane, interrogative. Je lui fais signe que tout va bien, mais cette sensation reste dans mon bas-ventre. Pensant qu'il ne s'agit que d'un flux d'air chaud, je décide de m'isoler un peu, afin de me rafraîchir à l'extérieur. Une main sur mon épaule me fait sursauter.

— Excuse-moi je ne voulais pas te faire peur. Tout va bien ?

— Oui, merci Matthew. J'avais juste très chaud et suis venue me rafraîchir un peu.

— Très bien. Tu veux que je reste ?

— Non, ne t'en fais pas, je ne vais pas rester longtemps. Va retrouver les autres, je vous rejoins dans un moment.

— Comme tu voudras.

Je reste encore un petit moment à prendre l'air, toujours avec cet étrange ressenti dans le bas-ventre. C'est lorsque je rentre et que je me fais plaquer doucement contre le mur que je comprends d'où vient cette sensation. Loucas se tient en face de moi avec une telle intensité dans le regard, qu'il donne l'impression d'avoir envie de me manger.

– Que. Qu'est-ce que tu fais là, balbutié-je.

– Je voulais te souhaiter un joyeux anniversaire Jessica, me dit-il de sa voix rauque.

– Pourrais-tu me lâcher maintenant ?

– Excuse-moi, je ne voulais pas te faire peur, se reprend-il en me lâchant.

Si seulement il savait !

– Je dois t'avouer que tu es magnifique et plus encore quand tu danses.

– Merci. Je suppose que c'est toi que j'ai vu dans l'ombre tout à l'heure ?

– C'est exact, je venais d'arriver et quelle a été ma surprise quand je t'ai vue te déhancher avec cette barre de pole dance entre les mains ! J'ai dû me gifler mentalement pour ne pas te rejoindre sur le champ et t'enlever aux regards de ces messieurs.

– A quoi tu joues Loucas ? Il m'a semblé avoir été clair. Nous deux, c'est impossible.

– N'ai-je pas le droit de te complimenter ?

– Excuse-moi, mais je dois retrouver mes invités.

Il se décale pour me laisser passer, mais au dernier moment se ravise et s'avance vers mon oreille. Ce simple rapprochement me donne le vertige et je dois me retenir pour ne pas flancher.

– Tu as peut-être pris une ride de plus mais pour moi, tu seras toujours la plus belle, me souffle-t-il.

Je le contourne et m'éloigne de lui, aussi vite que mes jambes me le permettent. Arrivée aux toilettes, j'essaie tant bien que mal de reprendre ma respiration et surtout mes esprits, avant de rejoindre le groupe. Ma surprise est plus grande encore lorsque je monte et vois Ariane et Loucas ensemble, elle, assise sur un sofa et lui debout à ses côtés.

– Regarde qui je viens de croiser en bas ?
Je me suis permis de l'inviter à se joindre à
nous. Ça ne te dérange pas ?

À son regard taquin, je comprends tout
de suite qu'il s'agit d'un piège. Il n'est pas là
par hasard, elle l'a invité cette traîtresse.

– Je t'en prie, fais comme chez toi.

Tout le monde a l'air ravi de le voir et je
constate qu'Antonin et lui s'entendent à
merveille, pour des personnes censées ne
plus se voir souvent. Aussi, tout devient
clair dans mon esprit. Il leur fallait un terrain neutre afin de ne pas être démasqués
et ainsi pouvoir jouer la carte du hasard. Je
suis entourée d'une bande de traîtres, ex-
cepté peut-être Marissa qui écarquille les
yeux, ronds comme des billes.

– Tout va bien Marissa ?

– Je crois que je viens de perdre les eaux ! s'exclame-t-elle.

Effectivement, une marre humide jonche le sol. Immédiatement Matthew intervient, mais Marissa a du mal à marcher, tant les contractions sont de plus en plus fortes. Loucas et Matthew décident de la porter jusqu'à la voiture.

– Bon, je crois que la soirée est terminée ! lance Emma.

– Non, ça serait ridicule. Profitez de votre soirée, je les accompagne à la maternité, j'interviens.

– Tu es sûre ? me demande ma sœur. C'est quand même ta soirée !

– Oui, ça va aller. La soirée fût exquise pour moi déjà! Continuez de profiter de cette soirée.

– Je t'accompagne, annonce Antonin.

– Okay.

J'embrasse ma sœur et la remercie pour la soirée, non sans lui avoir dit le fond de ma pensée quant à son cadeau de dernière minute. Elle me sourit et me fait un clin d'œil, puis m'annonce qu'elle n'avait pas vraiment prévu une fin comme celle-ci ! Nous nous excusons auprès du personnel pour la tâche humide sur le parquet, en indiquant que nous les dédommagerons pour les dégâts causés lors de la soirée. Le serveur nous indique qu'il a connu pire et que nous avons été de très bons clients. Nous prenons vite la direction de la maternité avec la voiture d'Antonin. Etant venue avec Ariane, j'avais oublié que je n'avais pas de voiture.

– Merci de m'avoir accompagnée.
– C'est normal et puis il valait mieux cela que de prendre un taxi.

Nous arrivons enfin à la maternité et Loucas nous attend dans la salle d'attente. C'est lui qui a accompagné les jeunes parents. Normalement il n'y a que la famille qui est autorisée à rester, mais les infirmières ont été gentilles et nous ont laissé la possibilité d'attendre. Nous n'aurons pas le droit de voir le bébé ce soir, mais ils acceptent que Matthew nous prévienne avant notre départ.

Deux heures plus tard, Matthew fait son apparition, la mine exténuée et le visage d'un jeune père heureux.

— C'est un petit garçon, nous avons décidé de l'appeler Jessy.

Je lui saute au cou pour le féliciter. Antonin lui serre la main et Loucas lui donne une tape dans le dos.

— Avec les amis que nous fréquentons, il va falloir qu'il soit solide, alors autant lui donner un prénom qui en impose. Puis, nous voulions qu'il soit le plus proche possible de sa marraine. Enfin, si elle accepte.
— Vous êtes malades ! Bien sûr que j'accepte, je réponds les larmes aux yeux.
— Je t'aime ma puce.
— Moi aussi je t'aime. Je vous aime tous les trois.

Nous nous enlaçons puis sommes priés de prendre congé pour respecter la tranquillité des nouveaux parents.

Il est près de cinq heures lorsqu'Antonin me dépose à la maison, avant de ramener Loucas à sa voiture. Tous ces évènements m'ont complètement dessoûlée. Une bonne douche me fait quand même du bien, avant de m'emmitoufler sous la couette. J'enfile un tee-shirt qui m'arrive à mi-cuisses et envoie une nouvelle vague de félicitations à Matthew, lorsque la sonnette retentit.

– Loucas ! Mais qu'est-ce que tu fais là ? je m'étonne en ouvrant la porte.

– Excuse-moi, mais avec tout ça, je me suis rendu compte que je ne t'avais pas donné ton cadeau.

– Ça ne pouvait pas attendre demain ?

– Heu, si effectivement. Désolé, je ne voulais pas te déranger.

– Bon, maintenant que tu es là, entre une minute.

Je m'écarte suffisamment pour que Loucas entre et l'invite à s'asseoir dans la cuisine.

– Je te sers un café ?

– Je veux bien, merci.

Je dépose les tasses chaudes sur la table et m'adosse à l'opposé de Loucas, contre le plan de travail. Loucas sort une petite boîte de sa poche et me la tend.

— Bon anniversaire.
— Merci, tu n'étais pas obligé.
— J'en avais envie.

Il ne me quitte pas des yeux pendant que j'ouvre le paquet. Le petit écrin que je découvre contient deux breloques, une en forme de gant de boxe et l'autre, deux lettres A et J entrecroisés dans un cœur. Une larme s'échappe le long de ma joue.

— Ça ne te fait pas plaisir ? s'inquiète Loucas.
— Si, au contraire. C'est un magnifique cadeau. Merci beaucoup.

Nos yeux se fixent un long moment, et avant que je ne m'en rende compte, Loucas se trouve à mes côtés. Il prend les breloques et les glisse lentement sur mon bracelet. À son contact, ma peau frémit. Plus encore, lorsqu'il caresse mon bras jusqu'à mon épaule. Mon pouls s'accélère et à cet instant, je me déteste de ressentir cela. Nous ne nous quittons toujours pas des yeux, mais lorsque sa main vient caresser ma joue, je ne peux m'empêcher de les fermer.

— Arrête, s'il te plaît, le supplié-je.

Ma voix est à peine audible et mon souffle est si court qu'un instant, je me demande s'il m'a entendue. Le revers de sa main flatte ma joue dans une douce caresse.

— Si seulement tu pouvais voir la force de mes sentiments et l'effort qu'il me coûte pour rester éloigné de toi, chuchote-t-il.

À cette simple phrase, mon cœur explose et mes lèvres viennent s'écraser sur les siennes. Loucas reste d'abord sur la réserve, mais voyant que je ne me dérobe pas, il glisse sa main sur ma nuque et intensifie notre baiser. Il empoigne mes fesses pour me hisser sur le plan de travail sans quitter mes lèvres.

Chapitre 14

Loucas

Le jour filtre à travers les rideaux lorsque j'ouvre les yeux. Je mets un moment avant de me souvenir où je suis. Je constate que ma jolie brune dort encore à poings fermés. Nous avons discuté tard après nos ébats et je la soupçonne de regretter ce qui s'est passé. Un froissement de tissu attire mon attention.

– Bonjour ma douce.
– Bonjour, répond-elle à demi endormie.

Je me redresse légèrement et passe un bras sous ma tête. Jessica ne tarde pas à venir se lover contre moi posant sa main délicate sur mon torse nu.

– Tu te trompes, me dit-elle rompant le silence.

Je baisse la tête dans sa direction, ne comprenant pas où elle veut en venir.

– Je ne regrette rien, ajoute-t-elle avant de déposer un baiser le long de mes côtes.
– Je n'ai rien dit.
– Je te connais par cœur, sourit-elle.

Nous restons un moment lovés l'un contre l'autre, n'écoutant que nos respirations et le silence paisible qui règne. Un gargouillis se fait alors entendre et nous explosons de rire tous les deux.

– C'est bon, j'ai compris. Je vais te chercher quelque chose à manger. Ne bouge pas.
– Je n'en avais pas l'intention, s'amuse-t-elle.

J'enfile mon jean et me rends directement à la cuisine, voir ce que nous avons à grignoter. Dix minutes plus tard, je retrouve Jessica dans la chambre, mon plateau chargé. Lorsque je pose les yeux sur elle, je me réjouis d'avoir pris la décision de venir frapper chez elle hier soir.

— Alors, nous avons du jus de fruits, des tartines grillées avec de la confiture et du beurre, des yaourts et j'ai même déniché des fruits !

— Ma foi, vous avez dévalisé mes placards, cher monsieur, répond-elle amusée.

— C'est exact chère madame et vous ne devinerez jamais sur quoi je suis tombé !

Elle me scrute, désireuse d'en savoir plus et je décèle une légère pointe de crainte dans son regard. Triomphant, je lui tends un paquet de pop-corn sucré.

— Ta-dam !

Jessica pouffe de rire. Elle m'avertit que ce paquet était là bien avant qu'elle n'emménage et qu'elle n'avait jamais pris le temps de le jeter. Déçu, je jette le paquet dans le coin de la chambre et me rue à ses côtés ; ce qui me vaut un nouveau rire de ma douce.

— Ce son m'avait tellement manqué, lui confié-je.

Son sourire s'estompe un instant, mais revient quelques secondes plus tard, plus doux.

– Bon, cessons de bavarder et laissons-nous emportés par ce mélange de bonnes odeurs qui me donne l'eau à la bouche.

– Tu as raison, m'enquis-je la rejoignant dans le lit.

Chapitre 15

Loucas

Cela fait maintenant trois mois que nous nous fréquentons avec Jessica. Nous nous retrouvons souvent le soir et les week-ends afin de profiter l'un de l'autre. J'ai comme la sensation que nous ne nous sommes jamais quittés.

Désormais, lorsque nous nous réveillons chez moi ou chez elle, nous prenons soin d'avoir fait les courses pour avoir quelques choses d'autre à grignoter que des paquets de pop-corn périmés.

Ce matin, Jessica nous a prévu une séance de jogging avec Matthew, juste avant son travail. Nous le rejoignons donc à six heures au parc où ils ont l'habitude d'aller le dimanche matin. Matthew assume complètement son nouveau rôle de père et il faut dire qu'il le fait à merveille. Le petit est aux anges surtout lorsque sa marraine lui rend visite les bras chargés de cadeaux. Je pense que ce n'est pas du tout le moment d'en parler à Jessica, mais je l'envie. J'espère qu'un jour, moi aussi je pourrais vivre ces moments et avoir ma propre famille.

— Allez Loucas, tu rêvasses ou quoi ?

Matthew me fait sortir de mes pensées et je remarque qu'effectivement, je ne cours plus, je marche. Il est un peu plus loin, trottinant aux côtés de Jessica qui me regarde interrogative.

— Excusez-moi, j'avais une petite crampe.
— Ben voyons, cause toujours fainéant, rit Matthew.

Je repars de plus belle et les rattrape sans difficulté. Nous courons ainsi ensemble pendant trois quarts d'heure et finissons au bar prendre un café avant de rentrer.

—   Alors comment se passe la vie à trois, demande Jessica.

—   C'est merveilleux, mais je dois être franc avec vous et avouer que ce n'est pas facile tous les jours.

—   Que veux-tu dire ?

—   Nous sommes épuisés avec Marissa et c'est déjà très gentil à elle de me laisser mes dimanches de libre pour aller courir un peu et pouvoir sortir aussi.

Il rigole, puis ajoute.

—   Attention, je ne me plains pas car ce sont toujours des moments merveilleux, mais Jessy commence tout juste à faire ses nuits et… comment dire ? Nous n'avons encore pas pu en profiter pour nous retrouver avec Marissa, ajoute-t-il en se grattant l'arrière du crâne.

—   Peut-être est-ce encore un peu tôt. Il n'a que trois mois donc je suppose qu'il faut attendre encore un peu avant de retrouver ce genre de moment, intervins-je.

– Loucas a raison, ajoute Jessica. En tout cas, n'hésitez pas si vous avez besoin de le faire garder un soir ou même une nuit, je suis là.

– C'est gentil ma douce, mais je ne suis pas sûre que Marissa acceptera de se séparer de lui si tôt.

– Tu m'étonnes, je me souviens lorsque l'un de mes frères a eu son premier enfant, nous n'avons pas pu prendre la petite jusqu'à ses six mois. Sa mère ne voulait pas la lâcher, je ris.

Tous deux me regarde éberlués.

– Qu'avez-vous ?

Jessica regarde son acolyte en souriant tendrement puis se tourne vers moi.

– C'est que tu ne parles jamais de ta famille ! s'exclame-t-elle.

– Effectivement, mais c'est qu'il n'y a rien à dire. Nous ne sommes pas aussi proches que vous. Pour tout te dire, je ne vois principalement que mes parents et Sam.

– Pourquoi ne vas-tu jamais voir les autres ? Je sais bien qu'ils sont loin car tu me l'avais dit, mais nous pourrions aller leur rendre visite un week-end, qu'en dis-tu ?

Je regarde ma petite amie, surpris. Elle n'a jamais émis le souhait de connaître ma famille, et voilà que maintenant elle veut aller leur rendre visite. Je dois avouer que sur ce coup, elle me surprend encore davantage qu'elle ne sait déjà le faire.

– Pourquoi ?
– Comment ça pourquoi ?
– Pourquoi souhaites-tu les rencontrer soudainement ?
– Eh bien, parce que nous sommes ensemble et que je souhaite rencontrer ta famille. Bon, et peut-être en profiter pour leur demander des ragots sur ta jeunesse, sourit-elle.
– Je te reconnais bien là ma douce, s'amuse Matthew.
– Je suis très touché et te promets de régler ce détail très vite, je réponds en lui déposant un baiser sur sa tempe.

– Sur ce, les tourtereaux, je vous laisse et pars retrouver ma famille à moi.

– Embrasse bien fort Marissa et mon petit filleul pour nous, tu veux ?

– Promis. Et pas de bêtises vous deux, avant notre prochaine rencontre !

– Tu nous connais, répondons-nous ensemble.

– Justement, je ne vous connais que trop bien ! Allez, la bise.

Matthew sort, nous laissant seuls tous les deux. Je me rapproche de ma chère et tendre et la prends dans mes bras.

– Etant réveillés si tôt, comment pourrions-nous occuper le reste de notre journée, je lui susurre à l'oreille.

Jessica me rend mon étreinte et dépose un baiser sur mon nez.

– Si seulement je n'avais pas prévu une journée shopping avec Ariane et Emma après mon boulot, ça aurait été plaisant de passer cette journée avec toi.

– Comment ça ? Tu me laisses tomber pour la journée entière ?

– Je suis désolée. Pourquoi ne rejoins-tu pas Estéban et Tom ?

– Qu'ont-ils prévu ?

– Je ne sais pas, je crois qu'ils vont à la pêche ce matin et qu'ils se font une rediffusion de match de foot cet aprèm. Ce soir, on mange chez eux.

– Tu aurais pu me prévenir avant !

– Tu m'en veux beaucoup ?

– Pas quand tu me fais ses yeux-là.

– Promis, je vais me rattraper.

– Mmmh, il y a intérêt.

Chapitre 16

Comme promis, j'ai programmé un voyage en Alsace pour rendre visite à ma sœur Capucine. Elle a été très étonnée par cette initiative, mais ravie de nous accueillir chez eux, le temps de notre séjour. Jessica n'a pas hésité une seconde pour poser une semaine de congé et ainsi profiter un maximum de ce voyage et apprendre à connaître ma petite sœur.

Surtout qu'à cette occasion, ma chère sœur s'est enquit de prévenir tout le monde et ainsi programmer une réunion de famille. Jessica tient à connaitre mes proches ? Eh bien, elle va être servie puisqu'elle va tous les rencontrer !

– Tu es sûre que c'est une bonne idée de vouloir rencontrer ma famille ? je demande en fermant la valise.

– Oui, j'en suis certaine.

Jessica s'approche et passe ses mains autour de mon cou et me donne un rapide baiser.

– Tout va bien se passer, tu verras.
– J'ai confiance en toi et je suis sûre qu'ils vont t'apprécier.
– Je le suis aussi. En route, sinon on va être en retard.

J'installe les valises dans le coffre et fais le tour, afin d'être sûre de ne rien oublier. Jessica est venue dormir à la maison hier soir pour avoir moins de route. Dix heures nous sépare de chez ma sœur, alors plus vite on sera partis et plus vite on arrivera.

– Tout est prêt. On peut y aller, j'annonce en m'installant au volant.
– Alors c'est partie !!!

Nous nous arrêtons aux alentours de treize heures à Montargis pour grignoter un morceau, avant de repartir. Nous n'avons pas prévu d'arriver chez ma sœur avant la fin de journée alors nous prenons notre temps pour visiter le coin.

La ville de Montargis est magnifique et nous profitons du temps qui nous est donné pour nous promener le long du canal de Briare. Puis, nous marchons jusqu'à la place Mirabeau pour admirer la somptueuse paroisse Sainte Madeleine.

Nous avons un coup de cœur pour cette ville et nous nous promettons de revenir prendre le temps de visiter toutes ses rues et recoins. Nous reprenons notre route et c'est vers vingt heures que nous arrivons enfin à notre destination.

— Ma puce, bienvenue à Ebersheim !

Nous arrivons dans un corps de ferme magnifique. La façade de la maison est rouge feu et est située au centre de la ferme. C'est fou comme j'avais oublié la grandeur de cette maison. Je n'y ai pas mis les pieds depuis une éternité. Jessica contemple la longère lorsque je vois Lola arriver. Je préfère la mettre en garde au cas où.

– Au fait ma puce, j'espère que tu n'as rien contre les animaux car ici, ils vivent en semi-liberté ?

– Non, ça va. Pourquoi me demandes-tu cela ?

Je lui fais signe de se retourner et lorsqu'elle le fait, je ne peux m'empêcher d'exploser de rire. Elle se retrouve nez à nez avec une vache vosgienne marron et blanche. Surprise, elle pousse un petit cri et recule de quelques pas.

– Jessica, chérie, je te présente Lola.
– Eh bien, je crois que je suis enchantée de la rencontrer alors, sourit-elle.

Un bruit se fait entendre dans mon dos. Lorsque je me retourne, je vois ma sœur, adossée contre la porte. Elle nous regarde en arborant un sourire.

– Depuis combien de temps es-tu là ?
– Suffisamment pour trouver cette scène divertissante.
– Ha, ha, tu sais que tu es très drôle. Allez, viens par ici que je te présente.

Elle nous rejoint pour me permettre de faire les présentations.

—   Jessica, je te présente ma petite sœur Capucine. Capucine, Jessica, l'amour de ma vie.

—   C'est bon, n'en rajoute pas non plus !

—   Je suis enchantée de faire ta connaissance Jessica, commence ma sœur en la serrant dans ses bras.

—   Moi de même Capucine, réplique ma petite amie en répondant à son étreinte.

—   J'espère que tu ne te laisses pas marcher sur les pieds par ce tombeur ?

—   Ça ne risque pas ! j'interviens.

Capucine m'offre un regard, arquant un sourcil. Mieux vaut que je la laisse comprendre toute seule le caractère de ma bien aimée. Elle ne va pas être déçue.

Jessica

La maison est magnifique et Capucine a l'air d'être vraiment gentille. Elle est un peu plus petite que Loucas et moi, les cheveux châtains clair, les yeux marron. Plus que tout, elle semble avoir beaucoup d'humour. Loucas me rabâche sans cesse que nous allons bien nous entendre et je dois lui avouer qu'à première vue, ça m'a l'air bien partie.

Capucine nous fait entrer dans la maison. À mon grand soulagement, nous y retrouvons seulement Denis, son mari, et leurs enfants, Margot et Gaspard, deux petits amours respectivement âgés de cinq et sept ans. La chaleur qui émane de la cheminée est tout aussi agréable.

La maison est tout bonnement magnifique. L'intérieur est très chaleureux et cosy. Le salon est typiquement alsacien avec les poutres apparentes et d'origine. La cuisine a été ouverte sur la salle à manger grâce à un passe-plat Une grande verrière donne sur le salon, très pratique pour la conversation avec les invités ou pour garder un œil sur les enfants lorsqu'ils regardent la télé. Ils ont aménagé leur intérieur de façon moderne, tout en gardant le cachet de la région. Les meubles sont en bois brut et ils y ont simplement ajouté une touche de peinture noire pour donner un style un peu industriel. C'est franchement somptueux.

— Jessica, je tenais à te prévenir que nous avons préféré te laisser arriver tranquillement. Cependant, la famille arrive demain pour le déjeuner afin de te rencontrer. Depuis le temps que nous entendons parler de toi, m'informe Capucine.

— Si seulement c'est Loucas qui nous en parlait, ajoute son mari.

— Merci Denis, mais on se passera de tes commentaires, intervient l'intéressé.

— Vous n'allez pas commencer à vous chamailler. Allez, à table !

Après le repas, les enfants partent directement jouer dans leur chambre afin de nous laisser discuter entre adultes, mais aussi pour se coucher tôt, les malheureux n'étant pas encore en vacances.

Capucine nous conduit jusqu'à la chambre d'amis et nous laisse nous installer. Il s'agit d'une grande chambre avec salle de bain privatisée. Elle est décorée dans les tons chocolat et blanc, avec pour tête de lit un sticker en forme de branche d'arbre blanc, ce qui ressort bien du mur brun.

– La chambre est magnifique, je m'exclame.

– Merci, nous avons voulu une chambre cosy pour nos invités. Nous l'avons refaite l'année dernière.

– C'est très réussit. Vous avez beaucoup de goût en matière de décoration. Il faudra que je pense à te demander des conseils pour chez moi.

– Avec grand plaisir.

– Capucine travaille en tant que décoratrice d'intérieur. Elle a sa propre entreprise, m'avertit Loucas.

– Tu t'entendrais merveilleusement bien avec ma meilleure amie Emma. Elle est plus spécialisée dans l'ameublement.

– Je serais ravie de la rencontrer. Si un jour, mon frère daigne nous inviter à venir lui rendre visite, nous pourrions nous organiser ça ?

—   Je te propose d'arranger une visite directement avec moi, sinon tu risques d'attendre encore longtemps. Après tout, on n'a pas besoin de lui, plaisanté-je.

—   Tu as tout à fait raison et te remercies pour ton invitation.

Puis, se tournant vers son frère qui préfère sûrement ne pas intervenir dans cette conversation.

—   Je l'aime déjà beaucoup. Surtout garde-la précieusement.

—   C'est mon intention, affirme celui-ci.

—   Allez, je me sauve. Passez une bonne nuit et à demain. N'hésitez pas si vous avez besoin de quelque chose, faites comme chez vous.

—   Merci Capucine. Bonne nuit.

Chapitre 17

Loucas

Je dois avouer que Jessica me surprend énormément. Elle s'intègre à la famille à une vitesse phénoménale. Je ne parle pas de mes parents, ni de Sam puisqu'elle les connait déjà bien, mais elle a cette facilité à discuter avec les autres qui me remplit de joie. D'ailleurs, mes belles-sœurs et mes frères aussi ne se cachent pas pour me féliciter d'avoir trouvé cette perle. Il faut avouer que Jessica est particulièrement sociable. Certes, elle conserve son caractère dur, mais cela ne l'empêche pas de rire aux mauvaises blagues de mon jeune frère Thobie.

– Tu n'es pas obligée de rire à ses blagues chérie. Tout le monde est au courant qu'elles sont nulles.

– Mais ce sont justement les plus drôles, m'avoue-t-elle.

– Merci Jessica, au moins une personne qui est de mon côté. Vous avez entendu, bande d'ingrats, voilà au moins une personne sensée.

– Ou juste bien élevée, je m'esclaffe.

Ce qui me vaut un coup de poing sur l'épaule.

– Méfie-toi mon pote. Dois-je te rappeler que je suis le meilleur boxeur qui soit ?

– Ben voyons, je t'attends monsieur le coach, se moque celui-là.

Nous rions tous à gorge déployée de notre petit jeu puéril. La soirée se poursuit avec un jeu de société que nous font découvrir les hôtes, le Skyjo. C'est un jeu très simple et amusant. On s'y attache très vite, surtout lorsque nous jouons avec des mauvais joueurs et mon beau-frère n'est pas le dernier pour cela.

Maman invite Jessica à la suivre dans la cuisine pour aider à préparer le diner. Je la soupçonne de vouloir les derniers ragots nous concernant, étant donné que la dernière fois qu'elles se sont vues, nous n'étions plus ensemble et surtout, moi, j'étais dans le coma.

Les enfants arrivent en courant dans le salon et me sautent sur les genoux.

— Alors dis-moi princesse, qu'est-ce que tu as fait à l'école aujourd'hui ?

— On a fait du dessin et puis je continue d'apprendre à écrire mon prénom. D'ailleurs tu peux me dire c'est quoi les lettres dans ton prénom ?

— Bravo ma puce. Et si tu allais chercher une feuille et un crayon pour me montrer cela et on va écrire mon prénom ensemble ?

Margot s'en va en courant et en criant à sa mère de lui donner les fournitures demandées.

— Et toi mon grand ? Tout va bien ?

— Oui tonton, tout va bien. Nous sommes allés voir un spectacle avec la classe car nous apprenons le recyclage cette année. Tu sais que c'est très important le car si nous ne faisons rien, des animaux peuvent mourir et la planète aussi ?

— Et bien je constate que vous avez un programme intéressant. Je trouve très bien que tu aimes ce projet, car tu as raison, le recyclage et la sauvegarde de la planète sont très importants.

Margot revient avec sa feuille et son stylo et nous nous installons sur la petite table pour qu'elle me montre ses progrès. J'avais complètement oublié ce que c'était d'avoir une famille. Je crois que cette virée en Alsace me fait comprendre que je ne dois pas délaisser les miens et que je dois prendre de leurs nouvelles. C'est en repensant à Jessica aussi complice avec sa sœur, même après le drame qui les as touchées, que je me rends compte à quel point elle doit m'envier et me détester. Je pense avoir retenu la leçon.

— A quoi tu penses ? m'interpelle mon père.

— À rien.

— Alors pourquoi tu regardes Jessica comme si tu étais désolé ?

À la prononciation de son prénom, Jessica se retourne et son regard se pose immédiatement sur moi. Nos yeux s'ancrent un instant et elle finit par me sourire tendrement.

Chapitre 18

Jessica

— Alors, comment ça va ma chérie ?

— Je vais très bien, je te remercie Patricia.

— Et vous deux, comment se passe votre couple ?

— Eh bien, disons que nous avons décidé de prendre notre temps et de ne pas nous prendre la tête. Nous vivons, comme qui dirait, au jour le jour.

— C'est une très bonne philosophie. J'espère de tout mon cœur que cette fois-ci est la bonne.

— Oui, peut-être que nous ne nous sommes pas rencontrés au bon moment. Nous avions tous les deux des choix à faire dans notre vie.

— Et maintenant ?

– Disons que nous savons plus ou moins ce que nous souhaitons et qu'aujourd'hui, ces choix peuvent être faits à deux.

– Je comprends tout ça ma puce et je suis très fière de vous.

– Merci beaucoup Patricia et surtout merci pour votre soutien.

– C'est à moi de te remercier car sans toi, nous ne serions pas réunis aujourd'hui.

– C'est tout à fait normal et surtout je voulais vous connaître. Je n'ai pas une grande famille et j'ai perdu mes parents. Alors, je trouve ça dommage que Loucas, qui a la chance d'avoir une belle et grande famille, passe à côtés de tous ces bons moments.

– Tu es si mignonne ma petite chérie.

Patricia m'enlace et nous décidons de changer de sujets pour une conversation plus légère. C'est ainsi que nous finissons de préparer le repas en bavardant et rigolant de tout et de rien.

Jeanne-Lise nous rejoints pour aider à apporter les plats sur la table. Nous avons cuisiné simples pour les enfants car ils ont eu une grosse journée et doivent aller se coucher s'ils veulent nous accompagner en balade demain. Nous avons optée pour un mets de saison et typique de la région pour ce dîner familiale. Ainsi, c'est avec un grand plat de choucroute que nous débarquons dans la salle à manger, la table déjà garnie de petits pains et bouteilles de rouge.

C'est donc dans la bonne humeur et les plaisanteries à tout va que nous entamons le repas. Je jette un coup d'œil à Loucas, ravie d'assister à cette scène. Il est en grande conversation avec ses frères sur le résultat d'une finale de sport, mais je ne saurais dire lequel exactement.

Loucas doit avoir un sixième sens car son regard se pose directement dans mes prunelles et nos regards s'accrochent un long moment. Ses frères voyant qu'il n'écoute plus rien à leur conversation, se mettent à le chambrer.

Du côté des filles, ça parle chiffons et enfants, soit deux sujets de conversation que je ne maîtrise pas vraiment.

★ ★ ★

Le temps est magnifique pour une journée de novembre. Nous avons un planning chargé puisque nous sommes partis en famille visiter cette belle région. Nous avons débuté notre excursion par une promenade au Château du Haut-Koenigsbourg. Dans ce château, chaque détail y est présent comme si les pièces étaient restées figées dans le temps.

Dans les jours qui ont suivis, nous avons pu nous promener dans les rues de Colmar, de Sélestat, les ruelles et magasins de Ribeauvillé. Nous sommes allés au jardin des papillons de Riquewihr pour, ensuite, finir par l'incontournable Strasbourg et son majestueux sapin. Nous ne le verrons pas décorer car ils viennent tout juste de l'installer mais nous promettons à Capucine de revenir le voir un jour.

J'ai tenue à faire toutes les boutiques possibles pour rapporter à la maison des souvenirs et cadeaux pour tout le monde.

Cette région est magnifique. Capucine m'a annoncé que c'est encore plus remarquable en période de Noël grâce à l'atmosphère de fin d'année qui y règne. Les boutiques sont généralement bondées à cette période.

Loucas me prend la main et me demande de le suivre un instant car il souhaiterait me montrer quelque chose. Nous nous approchons du grand sapin et alors que je ne comprends pas ce qu'il veut me montrer, il me sort une petite boîte et me demande de l'ouvrir. À l'intérieur, se trouvent deux petits anges en verre à suspendre.

— Ils sont magnifiques ! je m'exclame, émerveillée.

— Ils représentent la douceur et la protection. Je veux que tu les accroches sur le sapin et ainsi, tes parents veilleront sur toi où que tu sois.

— Mais nous n'avons pas le droit d'y mettre de décorations !

— Alors nous allons le prendre. C'est pour la bonne cause.

Des larmes menacent de couler, mais je m'efforce de les retenir. Je prends délicatement les anges dans le creux des mains et les contemple un instant.

    – Ariane aurait adoré cette idée, soufflé-je.

    – Je peux te confirmer qu'elle la trouve géniale, me répond Loucas, téléphone à la main.

Je le regarde et constate que ma sœur est en visio sur son portable. Elle est tout aussi émue que moi.

    – Loucas m'a demandée s'il pouvait se permettre ce cadeau et j'ai trouvé que c'était une très bonne idée. Cependant, je tenais à faire ce geste avec toi.

    – Merci beaucoup. À tous les deux.

Loucas me donne le téléphone et me laisse quelques minutes seule avec Ariane, le temps que je dépose les anges sur une branche du sapin. Je reste longtemps à discuter avec Ariane et à ressasser notre passé. J'aime le fait que nous n'ayons pas perdu notre complicité depuis toutes ces années.

Je rejoins Loucas et sa famille et nous continuons notre balade. Les enfants courent dans tous les sens, poursuivis par leur oncle. La bonne humeur a l'air d'être très présente dans la vie de cette famille, c'est très plaisant. C'est aussi très rassurant de voir que la vie peut être aussi simple !

Chapitre 19

Loucas

Le séjour s'est terminé avec la promesse de nous revoir très bientôt. Nous avons passé de super moments et je suis heureux que Jessica m'ait lancé la perche pour venir voir ma sœur. Nous ne nous étions pas vus depuis si longtemps.... Elle me pousse dans mes retranchements et cela peut paraître déstabilisant mais c'est tellement bénéfique. Comme dit toujours maman : *la famille est surtout un état d'esprit*. Malgré ce qu'a vécu Jessica, elle n'a jamais oubliée que sa sœur et elle étaient une famille.

Jessica est allée rendre visite à Matthew et Marissa afin de leur apporter leur cadeau et surtout celui du petit Jessy. Elle adore son filleul et il a vraiment de la chance d'avoir une marraine aussi géniale. Je reste encore dans mes pensées lorsque mon téléphone sonne.

–   Bonjour maman, est-ce que tout va bien ?
–   N'ai-je pas le droit de prendre des nouvelles de mon fils ?
–   Maman, on s'est vu il y a seulement quinze jours.
–   C'est déjà loin mon chéri. Écoute, nous avons eu une idée avec ta sœur. Et si vous veniez passez Noël à la maison ?
–   Eh bien, je crois que Jessica avait d'autres projets mais je peux toujours lui en parler.
–   Très bien, on fait comme ça alors. Rappelle-moi vite.

Je raccroche tout juste le téléphone que ma petite amie déboule dans le salon, les bras chargés de paquets.

–   Attends, je vais t'aider !
–   Tu peux prendre le sapin que j'ai laissé dehors ?
–   Le sapin ! je répète.

Effectivement, en sortant, je trouve un grand sapin d'au moins deux mètres qui attend sagement d'être rentré. Je demande à Jessica pourquoi elle ramène tout ça à la maison puisque nous avions décidé de fêter Noël chez elle.

— J'ai eu ta sœur au téléphone et nous avons décidé de fêter Noël tous ensemble. Ma maison n'étant pas assez grande pour accueillir tout le monde, le mieux serait de décorer la tienne et de faire ça ici.

Voyant que je ne réagis pas, elle se retourne et ajoute.

— Tu avais peut-être prévu autre chose ?
— Non, absolument pas, mais je pensais que tu voulais le faire avec ta sœur, Matthew et Emma comme chaque année !

Elle laisse ce qu'elle est en train de faire et me regarde, tout en mordillant sa lèvre. Je comprends rapidement où elle veut en venir.

– Je crois qu'effectivement, ta maison risque d'être un peu trop petite pour tous nous accueillir, je souris.

– Tu m'en veux beaucoup ?

– Tu sais bien que non. Si j'avais su qu'un jour, je fêterais Noël avec toute ma famille et chez moi en plus, je crois que je ne l'aurais pas cru !

– Tout va bien se passer et nous allons passer un noël merveilleux, tu vas voir.

– Je te fais confiance ma chérie.

Ce petit compliment me vaut un tendre baiser que je ne refuse pas, bien au contraire.

Jessica

Je ne sais pas ce qu'il m'a pris de vouloir fêter noël chez Loucas. Je cours dans les magasins depuis ce matin pour essayer de trouver un cadeau pour chaque membre de la famille. Pire, je n'ai aucune idée de ce que je pourrais bien offrir à Loucas. Mieux, il me vanne depuis des jours en me disant qu'il a déjà trouvé mon cadeau.

— Pourquoi tu ne lui prendrais pas une cravate ?

— Non trop impersonnel.

— Une chemise ?

— Trop classique.

— Un panier garni ?

— Sérieux ? Matthew, un panier garni ?

— Je dis ça comme ça.

— Mais tu es un homme alors tu devrais savoir ce qu'un autre homme souhaite, non ?

— Pas forcément. Nous n'avons pas les mêmes goûts !

Nous passons et repassons devant les vitrines de la galerie pour que je puisse trouver une idée.

— Jessica, ma chérie. Tu te souviens que Noël est dans une semaine ?

— Merci de me mettre encore plus la pression.

— De rien, c'est pour ça que je suis là.

Nous passons devant un magasin de sport et Matthew m'arrête un moment pour me montrer un équipement complet de boxe.

— Tu crois que ça plairait à Loucas ? me demande-t-il.

— Non. Sur ce coup-là, j'en suis certaine. Notre vie de boxe à tous les deux est bel et bien terminée.

— Tu oublies les entrainements qu'il dirige.

— Ça reste des entrainements et je ne peux pas l'empêcher de coacher des jeunes, surtout s'il peut en sauver quelques-uns de la rues. Tout ce que je sais, c'est que ni lui, ni moi ne retournerons sur un ring pour un combat.

— Alors au final, tu choisis quoi ?

— Je ne sais pas du tout. Rrrr que ça m'agace !

Nous décidons d'en rester là pour le moment car lasse d'écumer la galerie marchande. Matthew me dépose chez Loucas et je le trouve dans son garage avec une guirlande électrique posé sur l'établi.

— Mais ce n'est pas possible, tu vas fonctionner oui ! grogne-t-il.

— Que t'arrive-t-il ? je demande en entrant.

— Cette maudite guirlande qui ne veut pas s'allumer.

— Elle est peut-être cassée. Ce n'est pas grave on va en acheter une autre.

— Si seulement j'avais de quoi ressouder les fils entre eux, je n'aurais pas besoin de racheter une guirlande tous les ans.

— Et peut-être que si tu les rangeais correctement, elles ne s'abîmeraient pas aussi vite, rétorqué-je amusé.

— Alors au fait, tu as trouvé ce que tu cherchais ?

— Oui je pense que j'ai tout ce qu'il me faut.

— Même mon cadeau ? demande-t-il suspicieux.

— Ça se pourrait.

— Et alors ?

— Tu verras bien. Maintenant si tu veux bien m'excuser, j'ai des paquets à faire.

Je ressors du garage et tape en vitesse un message à destination de Matthew.

De : Jessica
 A : Matthew

« Ca y est j'ai trouvé le cadeau (presque)
parfait »

Chapitre 20

Jessica

Tout le monde est réuni autour de la table bien garnie et magnifiquement décorée, au thème vert et rouge. Je me suis lâchée sur la décoration, si bien que la maison ressemble fortement à l'atelier du Père Noël.

Les enfants ont commencé à déballer leurs cadeaux et sont très heureux de ce qu'ils ont reçu. Comme à cette période, nous avons tous gardé notre âme d'enfants, les adultes aussi se jettent sur leurs cadeaux afin de découvrir ce qui leur est offert. J'ai prévu un dessin animé de saison pour les enfants, pendant que nous finissons notre diner.

La musique d'ambiance est de rigueur et les invités sont parfaitement bien habillés.

– Bravo Jessica, tout est magnifique et tellement bon, me complimente Patricia.
– Merci beaucoup, c'est très gentil.

Les compliments s'enchaînent et je suis ravie d'avoir fait plaisir à tout le monde. Loucas me semble sur la réserve, mais je n'arrive pas à déceler ce qui le met dans cet état. Il a beaucoup aimé mon cadeau même s'il ne s'agissait que d'un fer à souder. Il pourra ainsi réparer ses prochaines guirlandes lumineuses !

– Jessica, chérie, viens par-là, m'appelle Loucas.

Tous les regards sont portés sur nous et Loucas me prend la main pour me ramener contre lui.

– Je suis désolé de ne pas t'avoir offert mon cadeau plus tôt, mais je tenais à ce que tu sois pleinement consciente de ce que je souhaite t'offrir.

Du coin de l'œil, je vois Ariane et Emma sourire jusqu'aux oreilles et bizarrement, mon pouls commence à s'accélérer. Est-ce vraiment ce que je crois?

Des sueurs commencent à inonder mon dos et mes mains deviennent moites. Je ne sais pas comment je dois réagir, car je ne veux pas le décevoir. J'ai peur que ce ne soit pas le bon moment. Après tout, nous ne sommes ensemble que depuis quelques mois. J'ai peur que Loucas se méprenne et n'aille trop vite.

Un petit toussotement me fait revenir à la réalité et je me rends compte que je n'ai pas écouté le moindre mot de ce que vient de me dire Loucas.

— Excuse-moi ! je souffle.
— Ne t'excuse pas, ma puce. Je sais bien que je te prends au dépourvu et que tu n'aimes pas vraiment cela. Bref, tout mon beau discours pour te dire à quel point je t'aime et à quel point je te veux à mes côtés.
— Loucas, je...
— Non, laisse-moi finir car j'ai bien peur que tu te méprennes sur mes intentions.

Il sort une petite boîte noire de sa poche et garde une main dans la sienne. Il me tend délicatement la boîte et je constate qu'il tremble. Lorsque je l'ouvre, une clé est posée sur un coussin rouge avec un petit porte-clés en forme de gant de boxe.

– Je veux que nous passions un cap dans notre relation et que tu viennes vivre avec moi. Le petit gant de boxe a une grande signification pour moi, puisque c'est dans ce contexte que nous nous sommes rencontrés. Jamais je n'ai vu une fille avec un tel panache et surtout un fort caractère comme le tien. J'ai appris à aimer cette personnalité et surtout cette femme qui se cache derrière. Je ne te demande pas en mariage, car je ne veux pas te faire fuir, mais peut-être pourrions-nous commencer par se supporter l'un, l'autre H24. Qu'en dis-tu ?

Effectivement, je ne m'attendais pas du tout à ça.

– Je dirais que tu as raison sur une chose.
– Laquelle ?

— Tu as bien fais de me demander de te laisser finir, je souris.

Tout le monde rit autour de la table et cela me ramène à la réalité : nous ne sommes pas seuls.

— Tu pourrais arrêter de nous faire attendre, lance Emma.

Je regarde les invités avec un grand sourire, puis me tourne vers Loucas qui commence sérieusement à douter de son cadeau. C'est la première fois que je le vois aussi peu sûre de lui.

— Bien sûre que c'est un oui. Qu'est-ce que tu croyais ?

Tout le monde applaudit et Loucas me tombe dans les bras, soulagé et comblé.

— Tu vas voir, c'est le commencement de ta nouvelle vie et elle va être spectaculaire.
— Pour ça, je te fais confiance, je ris.

Épilogue

Loucas

Cela fait maintenant trois ans que nous vivons ensemble avec Jessica. Nous profitons de ce bonheur chaque jour et à aucun moment nous ne regrettons cette nouvelle vie. Je ne me lasse jamais d'être avec elle et c'est pareil de son côté Nous jouissons de chaque instant qui nous est donné pour vivre notre aventure comme nous le souhaitons.

Emma et Estéban se sont mariés l'année dernière et attendent leur premier enfant, une petite fille. Je trouve dommage qu'ils n'aient pas souhaité gardé le secret, mais c'est leur décision. Jessica est aux anges, elle rêvait d'une petite princesse.

Matthew et Marissa, quant à eux, en sont déjà à leur troisième enfant.

Ariane et Tom ont décidé d'en rester là, car Tom a reçu une proposition d'embauche à Paris. Jessica et sa sœur se sont pris la tête car Ariane ne veut pas le suivre, pour rester auprès de Jessica. Celle-ci n'apprécie pas du tout que sa jeune sœur sacrifie son couple pour elle.

Nous avons de multiples projets en tête avec Jessica, mais rien qui ne présage une bague au doigt ou un ventre qui s'arrondit. Je la soupçonne d'être angoissée à l'idée de se créer une famille à elle et de leur faire vivre ce qu'elle a vécu. Je reste patient et la console en lui disant que chaque famille est unique. Je sais qu'elle m'écoute, même si elle ne le montre pas, et je me contente de ce que j'ai pour le moment. L'avoir elle, c'est déjà une belle vie.

FIN

DE LA MÊME AUTEURE

Léxie n'a pas eu une enfance facile. Sa mère ayant été victime d'un accident et son père alcoolique, elle n'a connu que le chagrin et la peur. Ayant toujours été rabaissée et battue par son géniteur, qui la tenait pour responsable de la mort de sa mère, elle n'a jamais réussi à faire confiance à personne. Personne ? Enfin presque. Elle peut compter sur sa grand-mère maternelle et sa meilleure amie Holly. Dès lors que celle-ci a décidé de se marier, il était évident qu'elle devienne sa demoiselle d'honneur.

Jusqu'à ce que les ennuis commencent, car elle doit préparer le mariage avec Hayden, le témoin du marié. Cet homme arrogant et prétentieux va la mettre dans tous ses états. Si bien que les barrières qu'elle s'était forgées vont peu à peu s'effriter. Deux solutions s'offrent à elle : combattre et ériger des barrières plus fortes ou se laisser aller à ses émotions, quitte à prendre tous les risques.

Va-t-elle réussir à lui faire confiance ?
Arrivera-t-il à lui faire baisser sa garde ?

Tandis que Léxie ne pensait jamais revoir Hayden, la vie va à nouveau les mettre sur le même chemin. Elle est désormais auteure à succès et découvre que Hayden n'est pas si transparent qu'elle le voulait. Est-ce parce qu'elle croit le voir à chaque coin de rue, parce qu'elle n'arrive pas à se l'enlever de la tête ?

Hayden doit faire face à de nouveaux problèmes tout en essayant d'oublier le bien-être que lui procurait la compagnie de Léxie. Leurs piques lancés dès le réveil lui manquent, ses sautes d'humeur et ses exaspérations aussi lui manquent. Mais elle a fait un choix et ça n'était pas lui.

Vont-ils réussir à mettre leur orgueil de côté pour se construire une vie ensemble ?

Au contraire, vont-ils abandonner la partie et laisser la vie continuer l'un sans l'autre, en oubliant tout ce qui s'est passé ?

Ce deuxième opus vous plongera dans le passé d'Hayden et les tumultes de l'amour entre deux personnes complètement différentes mais qui pourtant ont un point commun : leur passé difficile !

Alors que Léxie et Hayden pensaient en avoir fini avec leur passé et pouvoir enfin commencer leur nouvelle vie à deux, la vie va de nouveau les mettre à l'épreuve. La boîte de Pandore va s'ouvrir mais pas forcément pour le bien de tous. Entre les révélations et les incertitudes, nos deux protagonistes vont devoir faire des choix risqués pour eux mais aussi pour leur entourage.

Vont-ils réussir à surmonter ces nouvelles épreuves ?

Arriveront-ils à commencer une nouvelle vie loin de leurs démons ?

Pourront-ils à nouveau faire confiance à la vie ?

Retrouvez-moi sur les réseaux sociaux pour du fun, des cadeaux, des promos, et encore plein de surprise...

Valérie Roman

lesromansdevalerie@gmail.com

valerie_roman44